KB002470

유머
충전소

지혜의 샘 시리즈 ❺

유머 충전소

개정판 1쇄 발행 | 2024년 03월 31일
개정판 2쇄 발행 | 2024년 04월 30일

엮은이 | 유머동호회

발행인 | 김선희 · 대 표 | 김종대
펴낸곳 | 도서출판 매월당
책임편집 | 박옥훈 · 디자인 | 윤정선 · 마케터 | 양진철 · 김용준

등록번호 | 388-2006-000018호
등록일 | 2005년 4월 7일
주소 | 경기도 부천시 소사구 중동로 71번길 39, 109동 1601호
        (송내동, 뉴서울아파트)
전화 | 032-666-1130 · 팩스 | 032-215-1130

ISBN 979-11-7029-244-9 (00810)

웃다보면
건강은 덤!

유머
충전소

유머동호회 엮음

MAEWOLDANG

웃음이 그리워질 때가 있습니다.
그럴 때, 짜증만 내지 말고 웃을 거리를 찾아보십시오.

이 책을 엮은 유머동호회는 바랍니다.
유머로 가득 찬, 웃음으로 가득 찬 세상을……

썰렁한 유머는 이제 그만!
웃기지 않는 유머는 이제 그만!
아무런 감동도 주지 못하는 유머는 이제 그만!

유머를 알면 인간 관계가 보입니다.

가슴을 활짝 열고 유머 속으로 들어가십시오.

1장
Like Quiz & Ranking

남자와 여자의 차이 14
여성의 심리 변천사 15
네티즌들의 '김 여사 놀이' 16
노랑 유니폼은 누구? 18
일본이 독도를 탐내는 이유 19
남자가 두려워하는 것 20
처녀로 살다간 할머니 21
한석봉 시리즈 22
남녀 공학과 여학교 24
사자가 무서워하는 것 26
고무 제품은 없애야지 27
여교생 실습 시 주의사항 28
넌센스 · 하나 31
넌센스 · 둘 33

보면 몰라 36
남과 여 37
떡만 먹고 사냐? 38
경험 있으세요 40
흥부와 놀부 42
여학교 사건 44
감독 교체 47
아파트 이름이 긴 이유 48
여성과 대륙 비교설 49
신데렐라의 아픔 50
여자와 꽃에 대한 보고서 52
여자 친구와 여관 53
히딩크 어록 54
사전과 다른 고사성어 56
누구를 위하여 초인종을 57
아무도 몰라 58

유머충전소

황당한 경험 59
국어 시험 60
직업별 웃음소리 61
4천 만이 믿는 카드 62
참새와 오토바이 63
그때 그분의 이름으로 64
당신은 좌석이잖아 65
산소통이 모자라 66
애처가 분류법 68
역대 대통령 통치 스타일 69

2장
Oldies But Goodies

무서운 가족 74
전일후삼前─後三 75
여자 & 과일 76

그게 어디 사람이냐 78
본프레레의 쪽지 79
곰보빵과 소보로 80
잘못 걸려온 전화 81
책과 여자의 공통점 82
세대 차이 83
낚시꾼과 경찰 84
촛불 두 개 85
남자의 일생 일곱 단계 86
마누라 왜 그래? 88
보리차 90
황당맨, 은행을 털다 92
주식에 관한 정의 93
정신병 환자의 증상 94
대형차보다
  소형차가 좋은 이유 95

확실한 치한 퇴치 96
선생님을 기절시킨 답변 98
어머! 창피해 101
여자가 부러울 때 102
신혼 부부 이야기 104
악몽 107
골초들의 변명 108
꼬추 넣게 벌려! 109
밝히는 남자 110
일등석은 안 가요 114
개들의 전국대회 116
여사장의 퇴근 118
그녀가 버스 기사를
    좋아하는 이유 120
공통점 찾기 122
드라마 허준 증후군 123

그녀가 교수를
    좋아하는 이유 124
이런 남편이 되어 주세요 125
술에도 급수가 있네 126
축구 약팀과 강팀의 차이 128
당신이 뭘 알어 129
1,000원에 1,000원 더 130
아이의 기도 131

3장
Rest Time

통신 중독 증상 134
군대에서 깨닫는 진리 136
호랑이 새끼를 키웠어! 139
산부인과에서 생긴 일 140
뭘까요? 141

유머충전소

오락실의 고수 하수 **144**

숨겨진 특수요원 **147**

커피가 애인보다 좋은 이유 **150**

컴퓨터가 아내보다 좋은 이유 **151**

동화가 끼치는 나쁜 영향 **152**

교육 효과 **153**

뭘 기대해! **154**

아내와 정부 **155**

뛰는 놈과 나는 놈 **156**

남과 여 **158**

살다 보면… **160**

여자가 남자보다 탁월한 이유 **163**

부부가 보는 해 **164**

다시는 돌아오지 않을

　　　　멋진 첫날밤(?) **165**

야한 닭 이야기 **166**

스타와 팬 **168**

댁의 부인은 어떻습니까? **170**

그걸 아빠가 직접? **171**

면도는 잠자리

　　　들기 전에 해요 **172**

웅녀가 되고파 **173**

나도 할 말 있다 **174**

5대양 6대주 **176**

부부싸움 5계명 **177**

두 명의 골초 **178**

상담원 **179**

물의 깊이 **180**

달리기 **181**

못 살아 **182**

그놈의 양심냉장고가

　　　슈퍼 주인을 잡네 **184**

오랜만에 참새 시리즈 186
컴퓨터는 여성? 남성? 187
그 뒤론 기억이 없어요 188
앵무새 그리고… 190

4장
Adult Humor

엽기적인 초보운전 문구 194
5천만 국민이 원하는 건? 195
암탉의 죽음 196
세대 차이 197
남자의 나이와 불의 관계 198
바람둥이의 고민 200
냄새 없는 방귀의 진실 201
명절 때 미운 사람 202
할머니의 승리 204

오징어 손과 다리 구별법 205
가을 고추가 빨간 이유 206
부인의 독기 207
만약에 208
단군신화 209
슈퍼맨과 배트맨의 대화 210
거북이의 비밀 211
학과별 파리 퇴치법 212
아들의 역공 214
군인정신 215
경상도 아버지의 시간 216
현상 217
선택 218
이때가 기회 219
박하사탕 220
경로석 의미 222

유머충전소

가정통신문 223

점수가 낮은 이유 224

초보의사 225

의사의 분노 226

콩쥐와 황소 227

웬 메뉴?? 228

꼬마와 처녀 여선생 229

도서관에서 230

순찰차와 바람난 아내 232

고3의 기도 233

시체와 대화 234

얼굴만 이쁜 아내 235

배짱 236

아들 자랑 237

너무 솔직한 아이 238

심심한데 가지고 놀게 239

한국 공군과
　　미국 공군의 차이 240

뭘 보냐고? 241

천재 소년 242

장사의 원칙 243

너무 유능해서 244

나는 왜 246

군대에서 248

길동이의 기도 249

인색의 대가 250

놀라운 업무 개선 252

재미있는
　　역이름 이야기 254

1장

Like Quiz
&
Ranking

남자와 여자의 차이

남자는 현재에, 여자는 과거에 살구요.

남자는 사랑이 없는 곳에서 울지만, 여자는 사랑 앞에서 울어요.

남자는 자동차를 고를 때 성능으로 고르지만, 여자는 스타일로 고르지요.

남자는 남의 이야기를 '머리'로 듣고요, 여자는 '가슴'으로 듣는대요.

남자는 사랑의 감정이 없어진 여자에게 거짓말을 하고, 여자는 사랑하기 시작한 남자에게 거짓말을 한다고 하네요.

여성의 심리 변천사

처음 이성에게 눈뜰 때, 첫사랑에 버림받은 여자가 하는 말은 "못 잊어…"

한창 사랑이 싹틀 때, 애인의 심각한 이야기에 여자가 하는 말은 "못 믿어."

아이 한둘쯤 키울 때 남편이 월급 봉투째 술 마시고 들어오면 하는 말은 "못 살아!"

네티즌들의 '김 여사 놀이'

교차로에서 빨간 자동차 한 대가 좌회전 신호를 기다린다. 그런데 뭔가 이상하다. 아뿔싸! 차는 노란 중앙선을 넘어 반대편 차선에 '다소곳이' 서 있는 것이다. 대형사고가 날 수 있는 위험천만한 상황. 아니 대체 개념을 2% 상실한 듯한 이 운전자는 누구지? 큼지막하게 써 붙인 '초보'란 글자 말고 다른 정보는 없다.

하지만 누리꾼들은 그 운전자가 누구인지 다 안다. 바로 '김 여사'다.

이유? 그런 건 없다. 그들에게 이 사람은 '무조건' 김 여사다.

(반대편 차로에 서 있음을 지적하며) "아이코, 일본에서 살다온 김 여사인가?"

"김 여사 심경 고백! 역주행 아니다. 난 후진으로 다니는 것뿐."

여기서 '김 여사'란 물론 김씨 성을 가진 특정인을 지칭하는 것은 아니다. 언제부터인지는 알 수 없으나 인

유머충전소

터넷 포털 사이트나 유명 자동차 게시판 등에서 '개념 없는 운전자' '소통에 방해가 되는 운전자' 들은 일반적으로 '김 여사' 로 불리기 시작했다.

'김 여사' 로 상징되는 '여성 비하' 에는 많은 누리꾼들이 발끈했다.

"여자라서 못 하는 게 아니라 단지 초보라서 못 하는 거죠."

"도로에서 진짜 문제가 되는 것은 운전 미숙자가 아니라 난폭 운전자들이다."

여자들도 운전 잘 한다. 운전 못 하는 남자들 역시 많다. 고정관념은 무섭다. 대부분의 폭력과 억압이 여기서 출발한다. 댓글은 이렇게 이어졌다.

♥ "여자가 모두 운전 못 하면, 남자들은 모두 강간범이냐!"

노랑 유니폼은 누구?

　월드컵 때의 일이다.

　우리나라가 8강에서 스페인을 꺾고 온 국민이 기쁨에 도취되어 있었다.

　대한민국은 빨간 물결로 뒤덮히고….

　그날 4강 신화로 인해 버스를 타는 사람 중 빨간 옷을 입고 타는 사람에 한해서 공짜로 태워 준다고 해서 사람들은 빨간 옷을 입고 타기 시작했다.

　그런데 어느 한 소년이 버스를 타는데 빨간 옷을 입지 않고 노란색 옷을 입고 돈도 내지 않고 공짜로 타는 것이었다.

　그러자 버스 운전기사가 말했다.

　"야 이놈아! 브라질 팬은 공짜로 탈 수 없다. 차비를 내라."

　그러자 그 소년은 어이가 없다는 표정으로,

　♥ "전 이운재 팬인데요…."

일본이 독도를 탐내는 이유

일본이 독도를 보고 침을 흘리는 까닭은?

힌트 : 다케시마를 거꾸로 읽어 보세요.

답 : 맛있어서. '다케시마'를 거꾸로 읽으면 '마시케다' 입니다.

남자가 두려워하는 것

30대 : 매달 날아오는 신용카드 청구서!
이리저리 마구 그어대다 월말 청구서 날아올 때마다 가슴이 조여온다.

40대 : 한밤 아내의 야한 속옷!
도… 도대체 뭘 하려는 건지…….

50대 : 한 여름의 곰국!
한 7박 8일은 먹을 수 있는 곰국 끓여 놓고서 자기는 해외 여행을 떠난다!

60대 : 이사 가자!
혹시, 나 능력 없다고 버리고 이사갈까 봐 가장 값나가는 보따리 끌어안고 트럭 조수석에 꼭 붙어앉는다.

70대 : 영감, 오늘 같이 등산가요!
혹시 그 어두운 산 속에 날 버리려고…….

처녀로 살다간 할머니

한 시골 마을에 혼자 사는 할머니가 있었어요.

이 할머니는 평생 독신으로 살면서 순결을 지켰고, 이것을 매우 자랑스러워했지요.

그러던 어느 날 할머니는 자신이 죽을 날이 얼마 남지 않았음을 깨닫고는 마을 장의사에게 가서 자신의 비석을 다음과 같이 새겨달라고 했어요.

'처녀로 태어나, 처녀로 살다가, 처녀로 죽다.'

얼마 후 할머니는 돌아가셨고, 장의사는 비석 만드는 사람에게 할머니가 부탁한 대로 비석을 만들어 줄 것을 부탁했지요.

그런데 비석을 만드는 이는 너무 게을렀고, 퇴근할 시간이 다 되자 집에 빨리 가고 싶은 마음뿐이었어요.

그래서 이 내용이 쓸데없이 길다고 생각하고, 같은 뜻의 더 짧은 글로 대신했지요.

♥ '미개봉 반품.' 이라고.

한석봉 시리즈

기나긴 공부를 마치고 돌아온 한석봉! 오랜만에 어머니를 만나는 기쁨에 문을 박차고 들어와 외치는데~!

1. 치매 걸린 어머니
한석봉 : "어머니! 제가 돌아왔습니다."
어머니 : "네가 언제 나갔었니?"

2. 칼질이 서툰 어머니
한석봉 : "어머니! 제가 돌아왔습니다."
어머니 : "아니 벌써 돌아오다니… 그렇다면 네 실력이 얼마나 되는지 보자꾸나. 에… 불을 끌 터이니 너는 글을 쓰도록 하거라. 나는 그 어렵다는 구구단을 외우마!"

3. 피곤한 어머니

한석봉 : "어머니! 제가 돌아왔습니다."

어머니 : "자, 그렇다면 어서 불을 꺼 보거라!"

한석봉 : "그리 하지요. 글을 써 볼까요?"

어머니 : "글은 무슨 글… 어서 잠이나 자자꾸나!"

4. 뭔가 혼동하고 있는 어머니

한석봉 : "어머니! 제가 돌아왔습니다."

어머니 : "그렇다면 시험을 해보자꾸나. 불을 끄고 넌
떡을 썰어라, 난 글을 쓸 테니."

5. 겁많은 어머니

한석봉 : "어머니! 제가 돌아왔습니다."

어머니 : "자, 그렇다면 난 떡을 썰 테니 넌 글을 써보
도록 하여라!"

한석봉 : "어머니, 불을 꺼야 하지 않을까요?"

어머니 : "내가 손을 베면 네가 책임지겠느냐!"

남녀 공학과 여학교

1. 평소

남녀 공학에서는 다소곳하게 다리를 꼬아 앉거나, 다리를 절대적으로 모으고 앉아 있지만, 여학교에서는 가끔 교복 치마가 뜯어지는 일이 발생합니다. 누가 치마 옆단 먼저 찢나 다리 벌리기를 하기 때문에….

2. 다투는 경우

남녀 공학에서는 여학생들끼리 말로 토닥토닥 다투다가 둘 다 책상에 엎어져서 우는 경우가 많지만, 여학교에서는 당연히 주먹이 오고가고 쉬는 시간마다 라운딩을 펼친 뒤 종례한 다음 마무리 대결을 하곤 하지요. 주로 승자의 손엔 한 주먹의 머리카락이 쥐어지기 마련이랍니다.

3. 매직 Day(일명 그날)

남녀 공학에서는 이리저리 눈치를 살피고 조심스럽게 생리대를 꺼내서 냅다 화장실로 달려가지만, 여학교에서는

"야! 생리대 있는 사람~."

"어~ 나. 내 가방에서 가져가."

"우와~ 이거 새로 나온 거잖아?"

하며 교실에 아이들이 모두 모여서 정말로 커버가 숨을 쉬는지 살펴봅니다.

4. 쥐가 나오면

남녀 공학에서는 물론 남학생들이 자기들도 무서우면서 쥐를 잡으러 땀을 삘삘 흘리며 다니고, 여학생들은 책상 위에 올라가서 빽빽 소리를 질러대지만, 여학교에서는 교실 문을 모두 봉쇄한 후 쥐를 몰아 양동이에 가둔 다음 예쁜 통에 넣어 키운답니다.

사자가 무서워하는 것

어느 학교에서 동물원으로 소풍을 갔어. 사자 우리 앞에서 선생님은 아이들을 세워 놓고 물었지.

"자, 여러분! 세상에서 가장 무서운 동물은 무슨 동물이죠?"

그러자 아이들은 일제히 소리쳤지.

"사자요!"

선생님은 박수를 치면서 다시 물었어.

"정말 잘했어요! 그렇다면 사자가 가장 무서워하는 동물은 무엇일까요?"

선생님의 질문에 아이들이 모두 주춤하고 있는데 갑자기 맨 뒤에서 구경을 하고 있던 한 아저씨가 소리치는 거야.

♥ "암사자!"

고무 제품은 없애야지

한 정신병원에서 환자 3명이 탈출하기로 마음먹었어.

탈출 방법은 자전거를 타고 정문을 돌격, 통과하는 것이었지. 3명은 병원을 다 뒤졌지만, 겨우 2대의 자전거만 발견할 수 있었어. 신사용 1대와 부인용 1대.

3명은 머리를 맞대고 논의한 끝에 부인용 자전거 위에 신사용 자전거를 올려 놓고 천막으로 덮은 뒤 10개월을 기다렸어.

드디어 10개월 후….

천막을 걷었을 때 바라던 새끼 자전거는 없었지.

실망과 배신감에 사로잡힌 3명은 정신병원 내에서 제일 연장자이고 똑똑한(?) 환자를 데리고 와서 현장을 보여 주었어.

심각하게 이리저리 살피던 똑똑한(?) 환자가 신사용 자전거의 타이어를 가리키며,

♥ "이 바보들아! 고무 제품은 다 없애야지!!"

여교생 실습 시 주의사항

다음 주의사항은 특히, 남학교에 실습을 나가는 여대생들에게 인생의 난관을 방지하는 좋은 지침서가 될 것입니다.

1. 치마 입고 출근하는 순간, 아래의 모든 사태 발생

1등에서 꼴등까지를 총망라한 남학생 중의 하나는 기회가 왔다 싶으면 무조건 여자 팬티를 보려 합니다.

그 이유는 혹시라도 노팬티가 아닐까??라든지, 예상했던 꽃무늬 팬티가 맞는지??랍니다!!

2. 앞자리에서 질문하는 숏 다리 학생 조심

숏 다리 학생의 질문에 답하는 사이 뒤에서 슬금슬금 기어서 나온 학생들이 차례를 기다리며 허리를 90도로 구부리고 손을 땅에 짚고 머리를 180도 완전 회전해서 팬티를 훔쳐보고 있을지 누가 알아요?

3. 가슴 패인 옷 입으면 끝장

가슴 패인 옷 입고 교탁에서 출석부 체크 시, 또는 분 필이 떨어져 허리 숙여 주울 때 그 짧은 순간 남학생의 엉덩이는 들썩거린다는 것을 유념.

곧 그것은 대낮에 가슴을 드러내 놓고 거리를 활보하 는 것과 다를 바가 없다고 사료되니까요!

4. 계단 난간에서 질문하는 학생, 진짜 조심

질문 2분 전 여교생을 가로질러 먼저 아래층으로 내 려간 3~4명의 남학생들이 밑의 난간에서 침을 괴며 눈 알을 위로 힘껏 젖힌 채 24시간 잠복근무 중이에요.

5. 겨드랑이털 깎고 헐렁한 옷소매 입을 것

칠판 밑줄 그은 곳을 가리킬 때 오른손을 들면 오른 쪽에 앉은 학생들은 옷소매 틈새로 보이는 겨드랑이털 과 1/5쯤 드러나는 브래지어 흰 끈의 묘미를 만끽하고 있답니다.

6. 마지막 날 송별회에 사인 받는다고 몰려들 때 정
   신 바짝!
   사인 받는 뒤쪽에 사인도 안 받으면서 온몸으로 엉덩
   이를 마구 비벼대는 몰상식한 수법이 있습니다.

♥ 특히, '밀지마, 밀지마…' 하며 목청껏 외치는 그
   인간이 바로 범인!!이겠죠??

30

넌센스 · 하나

자, 맞춰봐~!!

가장 기분 좋고 황홀한 춤은? 입맞춤
가장 비싼 술은? 여자 입술
고추값이 오르면 걱정되는 사람은? 노처녀
성폐쇄설은 누가 주장했을까? 고자
성억제설은 누가 주장했을까? 참자
성개방설은 누가 주장했을까? 주자
팬티의 순수 우리말은? 으뜸 부끄럼 가리개
브래지어의 순수 우리말은? 버금 부끄럼 가리개
벌건 대낮에도 홀랑 벗고 손님을 기다리는 것? 통닭
유부녀를 가장 좋아하는 사람은? 산부인과 의사
여자의 히프가 큰 이유는? 요강에 빠지지 말라고
옛날 여자가 절개를 위해 은장도를 지녔다면, 요즘
여자들은? 피임약
피가 나야 좋은 것은? 고스톱

남녀가 자고 나면 생기는 것은? 눈곱
세상에서 제일 더럽고 추잡스런 개는? 꼴불견
유일하게 날로 먹을 수 있는 오리는? 회오리
아수라 백작의 아들 이름은? 아수라장
'술과 커피는 안 팝니다.' 를 사자성어로? 주차금지
자전거를 못 탄다는 말은? 모타싸이클
중 · 고등학생이 타는 차는? 중고차
왕이 뒤로 넘어지면? 킹콩
초등학생이 제일 좋아하는 동네는? 방학동
겨울철에 많이 쓰는 끈은? 따끈따끈
진짜 문제 투성이인 것은? 시험지
세 사람이 탈 수 있는 차는? 인삼차

♥ 재미있지!!

넌센스 · 둘

이것은 사랑을 느껴야 할 수 있으며 두 사람이 하는 것입니다. 옷을 벗어야 하며 앉거나 서서 하기도 하며 고통이 따른답니다. 즉 피를 봐야 하는 것이지요. 이것은 무엇? 헌혈

결혼하면 여자가 빨아야 하는 것은? 남자의 빨래

여자가 남탕에 들어갔을 때 해당하는 죄명은? 방화죄

남자가 여탕에 들어갔을 때 해당하는 죄명은? 불법무기 소지죄

옷이 모두 벗겨져서 알몸으로 단물만 모두 빨아 먹히고 버려지는 것은? 껌

새벽만 되면 홀랑 벗고 지붕 위에 올라가 우는 여자가 있었다. 이 여자를 4자로 줄이면? 미친 여자

구멍이 커야 이기는 것은? 엿치기

헌병도 잡을 수 있는 사람은? 엿장수

노처녀의 유일한 자랑은? 나~ 시집갈 뻔했다!

손만으로 해서는 안 되고 허리를 잘 써야 하는 것은? 노젓기

누구든지 갖고 있고, 이것을 보면 남자인지 여자인지 짐작이 가는 것은? 이름

다리 사이에 축 늘어져 있기도 하고 빳빳하게 서 있기도 하며, 길이도 길고 짧은 것 등 여러 가지가 있는 것은? 꼬리

여자는 이것을 하기 전과 후가 다르다. 무엇일까?
화장

'남자의 계절'을 영어로 하면?
맨스 시즌(Men's season)

보면 몰라

젖소 클럽 멤버인 부부가 은행에서 대출을 받기 위해 창구 직원과 상담을 하고 있었어.

은행 직원은 서류를 훑어보다가 직업란이 빠져 있는 것을 발견하고 남자에게 물었지.

"저어, 선생님. 직업란이 빠져 있는데요."

"뭐요? 보면 모르겠소?"

남자가 화를 내며 도리어 반문하자 은행 직원은 부인을 한동안 바라보다 비어 있는 직업란을 채웠어.

♥ '직업, 낙·농·업…'

남과 여

칠흑같이 어두운 밤에 두 남녀가 차를 타고 고속도로를 달리고 있었는데, 이윽고 인적 없는 곳에 이르러 차가 멈춰서는 거야.

그러더니 남자가 여자의 손을 잡고 숲 속으로 들어가는 거 있지.

그리고 여자의 옷을 하나하나 벗기기 시작했어.

웃긴 건 여자도 순순히 옷을 벗더라고….

여자는 팬티를 벗고, 치마까지 걷어 올렸어.

잠시 후 일(?)을 끝내고 여자가 남자에게 하는 말,

♥ "아빠, 나 쉬 다했어…."

떡만 먹고 사냐?

어떤 처녀가 떡 장사를 시작했답니다.

그녀는 집에서 곱게 떡을 만들어 가지고는 시장에 가려고 산을 넘고 있었지요.

그때 호랑이가 나타나서,

"떡 하나 주면 안 잡아먹지."

겁에 질린 처녀는 떡을 하나 주었어요.

처녀는 다시 걸어갔답니다.

그때 또다시 호랑이가 나타나,

"떡 하나 주면 안 잡아먹지."

처녀는 겁에 질려 떡 하나를 또 주었어요.

그리고는 다시 걸어갔답니다.

그때 또 호랑이가 나타나서 하는 말,

"떡 하나 주면 안 잡아먹지!"

이리하여 처녀는 산을 채 반도 못 넘어 떡을 몽땅 호랑이에게 주고 말았답니다.

이제 더 이상 팔 떡도 남지 않았기 때문에 처녀는 푸

념을 하며 오던 길을 다시 돌아가려 했어요.

그런데, 또다시 호랑이가 나타나 떡을 달라는 거예요. 처녀는 떡이 다 떨어졌다며 이젠 줄 수가 없다고 했어요.

그러자 호랑이가 씩 웃으며 하는 말,

♥ "넌, 떡만 먹고 사냐?"

경험 있으세요

경험 있으세요?
만약 없다면 내일 당장 해 보세요.

1. 이것은 통상 남자와 여자가 하지만, 가끔 남자와 남자, 여자와 여자가 하는 경우도 있답니다.
2. 이것은 보통 침대 위에서 하지만, 어떤 때에는 장소를 가리지 않아요.
3. 처음 할 때에는 두렵고 몹시 망설여지지만, 일단 한 번하고 나면 개운하고, 또 하고 싶다는 의욕이 생긴다니까요.
4. 보편적으로 남자들이 많이 하려고 하고 여자는 잘 안 하려고 한답니다.(정말?!)
5. 거리를 가다 보면 이것을 하라고 부르는 여자도 있어요.
6. 보통 20대에 많이 경험하지만 10대라고 못할 것도 없지요.

유머충전소

7. 이것을 하다 보면 출혈의 우려가 있어요.

♥ 정답은 물론 짐작하셨겠지만, '헌혈' 이랍니다.
  헌혈은 사랑의 실천, 지금 당장이라도 경험해 보
  세용!

흥부와 놀부

흥부가 어느 날 그의 부인과 함께 산길을 가고 있었답니다. 그런데 그의 부인이 실족해서 그만 연못에 빠지고 말았어요.

졸지에 부인을 잃은 흥부가 너무 슬퍼서 울고 있는데 어디선가 나타난 산신령.

김희선을 보여 주며,

"이 여자가 네 부인이냐?"

정직한 흥부는,

"아니옵니다…"

산신령은 다시 한 번 최지우를 보여 주며,

"이 여자가 네 부인이냐?"

"아니옵니다…"

산신령은 이제 보아를 보여 주며,

"이 여자가 네 부인이냐?"

"아니옵니다…"

흥부의 정직함에 감동한 산신령은 흥부의 부인을 살

려 줌과 동시에 세 여자를 흥부의 첩이 되게 했습니다.

(시대가 조선 시대인 만큼 여성 독자들의 이해 바랍니다.)

이 소문을 들은 놀부는 당장 흥부네로 달려가 자세한 내막을 듣고는 예쁘기로 소문난 자기의 부인을 두고도 욕심이 났답니다.

그래서 그의 부인을 데리고 산 속을 거닐다가 부인을 연못에 밀어 빠뜨렸지요.

산신령이 빨리 예쁜 여자들을 데리고 나오기를 목을 빼고 기다리는 놀부….

과연 얼마 후 나타난 산신령, 바지를 끌어올리며 흐 뭇한 목소리로 말하길,

♥ "고맙구나, 놀부야!"

여학교 사건

아래의 이야기는 어느 여자 고등학교에 있었던 수많은 사건들을 엮은 것입니다.

1. 가슴이…

인기 있는 남자 선생님 수업시간 전, 그녀들은 교탁 앞에 멋있는 남자 배우의 옷 벗은 사진을 붙여 놓는다.

수업종이 울리고 곧 선생님께서 들어오신다.

학생 1 : (그윽한 눈으로 사진을 보며) 저 넓은 가슴….
선생님 : 갑자기 왜 그래?
학생 2 : (사진을 보며) 저 넓은 어깨….
선생님 쪽에서는 사진이 보이지 않으니 모른다.
선생님 : 흠, 흠… 얘들아!
학생 3 : 아, 저 가슴의 털….
선생님 : 좀 비치냐?

2. 밤에 해 보셨어요?

신혼 여행을 마치고 온 선생님의 첫 수업시간.

학생 1 : 선생님, 질문할 게 있어요.

선생님 : 그래, 해 봐!

학생 1 : 저~ 밤에 해 보셨어요?

선생님 : (당황하며) 뭐라고?

학생 1 : 밤에 해 보셨냐구요?

모든 학생들의 눈이 반짝거린다.

선생님 : (시선을 피하며) 으으응…. (목소리 깔며) 해
봤어.

학생들 : (이상하다는 듯이) 우린 달이나 별밖에 못 봤
는데….

3. 남자 가운데에 있는 것

새로 온 총각 선생님 첫 수업시간, 그녀들은 준비를
한다.

학생 1 : 선생님, 질문 있어요!

선생님 : (어깨에 힘을 주며) 해 봐!

학생 1 : 남자의 가운데에 달려 있는데, 당기면 아파요. 이게 뭐라고 생각하세요?

선생님 : (얼굴색이 변하기 시작한다) 글쎄….

학생들 : 빨리 대답하세요! 그것도 몰라요?

선생님 : (땀을 흘리며) 어이! 얘들아!

학생들 : 에이, 넥타이잖아요.

유머충전소

감독 교체

영업실적 부진에 화가 난 사장이 고래고래 소리를 지르며 사원들을 닦달하기 시작했어.

그리고는 영업부의 섹시남을 부르더니,

"이게 대체 어떻게 된 거야? 판매실적이 바닥을 기고 있으니, 이렇게 성의 없이 일하면서 월급은 꼬박꼬박 챙겨가고…."

침을 팍팍 튀겨가며 여기까지 얘기를 하고 난 사장은 목을 한 번 축이고는 다시 말을 이었지.

"야구팀 성적이 계속 하위권에서 맴돌면 어떻게 하나? 그 선수들을 모조리 갈아치우겠지? 아니야?"

그러자 섹시남 눈치를 살피며 우물쭈물하더니,

♥ "아니오…. 한 명의 개인에게 문제가 있다면 모르지만 팀 전체에 문제가 있다면 대개 감독을 갈아치우죠."

아파트 이름이 긴 이유

옛날 아파트 이름은 단순했다.

삼성아파트, 롯데아파트, 현대아파트….

그런데 요즘 아파트 이름이 왜 이리도 길고 복잡할까?

게다가 복잡한 영어까지 넣어서….

예를 들면 타워팰리스, 미켈란쉐르빌, 현대하이페리온, 아카데미스위트, 롯데캐슬모닝 등….

알고 봤더니 그 이유는 바로 시어머니가 찾아오지 못하게 하기 위해서라나 뭐라나….

48

여성과 대륙 비교설

20대 여성은 아프리카 대륙처럼 뜨거움은 있으되 아직 문명이란 게 없고요.

30대 여성은 인도 대륙처럼 뜨거우면서도 정열적이래요.

40대 여성은 북아메리카처럼 이젠 원숙기에 접어들었고요.

50대 여성은 유럽 대륙처럼 이젠 쇠퇴일로에 처해 있대요.

60대 여성은 시베리아 벌판처럼 주소는 있으되 아무도 찾지 않는다 그러더라고요

신데렐라의 아픔

신데렐라가 살았답니다.

매일 계모와 언니들에게 구박을 받았던 신데렐라.

그런 신데렐라에게 수호요정이 나타났지요.

모든 소원을 들어 주겠다는 수호요정의 말에 신데렐라는 파티에 가고 싶다고 했답니다.

수호요정은 곧 모든 것을 준비시켰어요.

시궁창에서 익사 직전인 쥐들을 꺼내 훌륭한 백마들로 만들고, 늙은 호박을 따내어 마차로….

모든 준비가 끝났을 때 신데렐라가 말했어요.

"저, 오늘이 그날이에요."

수호요정은 또 주문을 외워 템포(삽입식 생리용품)를 만들어 주었지요.

신이 난 신데렐라가 왕자와 신나게 춤을 추고 있는데 그만 '땡- 땡- 땡-' 12시 종이 울렸어요.

"죄송해요…. 저는 이만…"

50

당황한 신데렐라는 나비같이 나풀나풀 도망을 쳤어요. 하지만 너무 늦어 버려 모든 게 원상태로 되돌아오고 있었으니…. 백마들이 쥐로, 마부가 벼룩으로….

그때 갑자기 신데렐라는 찢어질 듯한 비명을 지르더니 자리에 쓰러지며 피를 흘렸어요.

왜 그랬을까?

그때 수호요정이 나타나 이렇게 중얼거렸어요.

♥ "쯧쯧- 역시, 템포를 수박으로 만드는 게 아니었어…."

여자와 꽃에 대한 보고서

1. 보는 것으로 만족하라.

2. 꺾었으면 책임져야 한다.

3. 책임지지 못하더라도 버리지는 말라.

4. 버렸으면 짓밟지는 말라.

5. 짓밟았으면 절대로 뒤돌아보지 말라.

여자 친구와 여관

어떻게든 여자 친구와 함께 여관을 가려 작심한 한 남자는 그날 그녀를 만취하게 하는 데 성공했어.

그녀는 남친에게 혀 꼬부라진 소리로 말했지.

"춥다, 어디든 들어가자."

남친은 '바로 그거야!' 하고 속으로 생각하며 시치미 떼고 말했어.

"그래, 그런데 어디로?"

그러자 그녀가 비틀거리며 어느 여관 안으로 들어가는 거야. 남친은 이게 웬 떡이냐 싶은 마음에 희색이 만면해졌지.

그런데….

그녀가 카운터에 대고 하는 말,

♥ "엄마, 얘 내 친군데 방 하나 줘서 재워 보내!"

히딩크 어록

월드컵 열기로 인해 수능 모의고사 점수가 떨어진 수험생 여러분!

부모님이 성화를 하시면 히딩크 어록을 참조하시오.

엄마 : 너 이 녀석, 모의고사 성적이 이게 뭐야?

학생 : 괜찮은 성적입니다. 나쁘지 않다고 생각합니다. 잘한 겁니다.

엄마 : 이래서 어디 수능이나 제대로 볼 것 같으냐?

학생 : 모든 것은 11월에 맞춰져 있습니다. 그때까지는 과정일 뿐입니다.

엄마 : 수능이 이제 얼마나 남았다구 정신을 못 차리구 이러는 거야?

학생 : 수능에서 좋은 성적을 거둘 가능성은 매일 1퍼센트씩 높아질 겁니다. 그래서 수능날이 되면 100%의 가능성을 갖게 될 겁니다.

엄마 : 기막혀… 뭘 잘했다구 큰소리냐?

유머충전소

학생 : 두고 보십시오. 11월이 되면 엄마를 깜짝 놀라게 해드리겠습니다!

사전과 다른 고사성어

남존여비 : 남자가 존재하는 한 여자는 비참하다.

동문서답 : 동쪽에 문이 있으면 서쪽에 있는 사람은
          답답하다.

백설공주 : 백만인이 설설 기는 공포의 주둥이.

보통사람 : 보기만 해서는 통 알 수 없는 사람.

부전자전 : 아버지가 전 씨면 아들도 전 씨다.

박학다식 : 박사와 학사는 밥을 많이 먹는다.

아편전쟁 : 아내와 남편의 부부 싸움.

원앙부부 : 원한와 앙심이 많은 부부.

임전무퇴 : 임산부 앞에서는 침을 뱉지 않는다.

절세미녀 : 절에 세들어 사는 미친 여자.

죽마고우 : 죽치고 마주앉아 고스톱 치는 친구.

천재지변 : 천번 봐도 재수 없고 지금 봐도 변함없이
          재수 없는 친구.

누구를 위하여 초인종을

집에 초인종이 고장 나서 수리점에 연락을 하고 기다렸다. 그런데 30분이 지나도 오지 않는 것이다. 아버지는 수리점에 다시 전화를 했다.

"왜 약속한 시간이 지났는데도 안 오는 거예요?"

"이상하네요. 저희 직원이 분명히 시간을 넉넉하게 잡고 출발을 했는데요. 차가 막히나 봅니다. 죄송합니다, 조금만 기다려 주세요."

전화를 끊고 가족들은 기다려 보기로 했다. 그런데 한 시간, 두 시간, 세 시간이 흘러도 수리공은 도착하지 않았다. 화가 난 아버지가 밖으로 나가 기다리기로 하고 대문을 확 열었다. 그런데, 대문 밖에 수리공이 덜덜 떨고 있는 게 아닌가!

"이봐요, 이렇게 늦게 오면 어떻게 합니까?"

"제가 여기에 네 시간 전에 도착을 했거든요. 그런데 아무리 초인종을 눌러도 대문을 열어 주지 않아서 네 시간째 떨고 있는 거예요!"

아무도 몰라

술에 취한 두 사람이 함께 걷고 있었다.

한 주정꾼이 말하기를,

"멋진 밤이야, 저 달 좀 봐."

또 다른 주정꾼이 술이 취한 친구를 쳐다보며 말했다.

"자네 틀렸어. 달이 아냐, 저건 해야."

두 주정꾼의 말다툼은 시작되고, 마침 길 가는 사람이 있어 그 사람에게 물어보았다.

"저기 하늘에서 빛나고 있는 것이 달입니까, 해입니까?"

그러자 길 가는 사람 왈,

"미안합니다, 제가 이 동네에 살고 있지 않아서…."

황당한 경험

친구들을 오랜만에 만나 수다도 떨고 술도 마시고 즐거운 시간을 보내고 집에 가려고 택시를 잡는데 택시 기사들이 승차거부를 하도 많이 하니까 친구가 갑자기 한 택시를 잡더니,

"아저씨~ 울릉도 따블따블!"
하는 것이다.

같이 있던 친구들도 '오죽 답답하면 저럴까~' 하는 생각에 웃으면서 보고 있는데 택시 아저씨의 재치 있고 황당한 말씀.

♥ "건너가서 타야 돼!"

국어 시험

국어 시험시간이었다. 시험 문제 중에 이런 문제가 나왔다.

※ 〈미닫이〉를 소리 나는 대로 쓰시오.

잘난 척하기로 소문난 형규가 제일 먼저 답안지를 내고 나갔다.

형규의 답안지에는 이렇게 씌어 있었다.

♥ 〈드르륵.〉

직업별 웃음소리

수사반장 : 후후후!(who who who)

요리사 : 쿡쿡쿡!(cook cook cook)

축구선수 : 킥킥킥!(kick kick kick)

악마 : 헬헬헬!(hell hell hell)

살인마 : 킬킬킬!(kill kill kill)

어린이 : 키득키득!(kid kid)

인기가수 : 싱굿싱굿!(sing good sing good)

원로가수 : 생굿생굿!(sang good sang good)

화장실 청소부 : 피싯~!(pee shit~)

시인 : 시일시일!(詩日詩日)

염세주의자 : 허허허!(虛虛虛)

사장 : 하하하!(下下下)

뱃사공 : 하하하!(河河河)

4천 만이 믿는 카드

4000만 명이 본 경기라면 '야~ 얼마나 재밌길래…' 하는 생각 드시죠! 그럼 4800만 명이 믿는 카드라면 '야~ 얼마나 좋은 카드길래…' 하는 생각 안 드세요?

"4800만 인의 카드, 아드보~카드."

잘 모르는 데 가서 응원을 할 땐 사람들이 바글바글한 데 가서 해야 해. 옆사람과 친해져서 정말 좋고, 뒷풀이도 정말 좋거든~. 카드도 사람들이 많이 쓰는 거 그게 좋은 거지 뭐. 안 그래요?

"4800만이 믿는 카드, 아드보~ 카드."

아는 선수는 많아도 진짜 좋아하는 선수는 딱 하나잖아요. 카드도 수두룩하게 많지만 정작 쓸 때는 딱 하나만 쓰게 되더라고요. 바로 이 카드!

"4800만이 믿는 카드, 아드보~카드입니다."

유머충전소

참새와 오토바이

참새 한 마리가 달려오던 오토바이와 부딪히면서 그
만 기절을 하고 말았다.

마침 우연히 길을 지나가다 그 모습을 본 행인이 새
를 집으로 데려와서 치료를 하고 모이를 준 뒤 새장 안
에 넣어두었다.

한참 뒤에 정신이 든 참새는 이렇게 생각했다.

'아, 이런 젠장! 내가 오토바이 운전사를 치어서 죽인
모양이군. 그러니까 이렇게 철장 안에 갇힌 거지!'

그때 그분의 이름으로

수줍음 많기로 소문난 사오정 엄마가 어느 날 구역 모임에서 시작기도를 맡았다.

떨리는 가슴으로 마음을 가다듬고 시작한 사오정 엄마의 기도는 간절하기 그지없었다.

"사랑이신 주님 감사드립니다…."

그런데 너무 긴장해서였을까? 기도의 마지막에 이르렀을 때 그만 예수님의 이름을 잊어버리고 만 것이다. 모두들 조용히 기다리고 있을 때 얼굴이 빨개진 채 머뭇거리던 사오정 엄마 한참만에 입을 열었다.

"…그때 물 위를 걸으신 그분의 이름으로 기도합니다, 아멘."

당신은 좌석이잖아

어느 날 밤 경찰이 유흥가를 순찰하고 있었다.

한 여인이 비틀거리며 골목길로 접어들더니 갑자기 주저앉아 일을 보기 시작했다.

경찰은 여인에게 다가가 경범죄를 적용시켜 4만 원의 벌금을 부과시켰다.

그 뒤에서는 남자가 일을 보고 있었는데 경찰은 남자에게 2만 원의 벌금을 부과시켰다.

순간 여자는 화를 벌컥 내며 말했다.

"아니 저 남자는 2만 원이고 나는 왜 4만 원이에요?"

그러자 경찰이 웃으며 대답했다.

"저 남자는 입석이고, 당신은 좌석이잖아!"

산소통이 모자라

어린아이와 늙은 할아버지, 그리고 사오정과 다른 사람들이 잠수함에 탔다.

그런데 이게 웬일인가. 잠수함이 출반한 지 10분도 안 되어서 침몰하기 시작했다. 다른 사람들은 산소통을 매고 탈출했다.

뒤늦게 소식을 접한 건 사오정과 어린아이, 그리고 할아버지였다. 게다가 더욱 슬픈 소식은 산소통이 2개밖에 안 남았다는 것이다. 그때….

사오정 : 저는 갑니다~!

혼자 살아보겠다고 산소통을 매고 탈출했다. 그 모습을 본 할아버지.

할아버지 : 아이야, 나는 오래 살았으니 니가 탈출해라.(쿨럭쿨럭)

아이 : 아니에요. 괜찮아요, 할아버지.

할아버지 : 아니다. 이제 산소통은 하나밖에 없으니

네가 살도록….(콜록콜록)

그때 아이가 힘차게 말했다.

"괜찮아요, 할아버지. 사오정은 소화기를 메고 갔거든요!"

애처가 분류법

햄릿형 : 아내 외에 다른 여자를 사랑하느냐 마느냐
　　　　그것이 문제로다.

칸트형 : 순수 바람둥이 비판.

링컨형 : 아내의, 아내에 의한, 아내를 위한 나.

케네디형 : 아내가 나에게 무엇을 해 줄 것인가를 바
　　　　　라지 말고, 내가 아내에게 무엇을 해 줄 수
　　　　　있을까를 생각하라.

데카르트형 : 나는 아내만 생각한다, 그러므로 나는
　　　　　　　존재한다.

역대 대통령 통치 스타일

역대 대통령의 통치 스타일을 운전 습관에 비유해서 알아보자.

1. 이승만 대통령은 '국제면허' 운전이다.

왠지 근사해 보이기는 한데 '영양가'는 별로 없다는 얘기다. 건국이념과 통일의지가 '인人의 장막'과 부정부패로 빛이 바랬다.

2. 박정희 대통령은 '모범택시' 운전이란다.

절대 빈곤에서 나라를 건져낸 점만은 '모범'으로 인정받을 만하다. 이후 개발 독재의 비용을 톡톡히 치러야 했지만… 원래 편히 가는 대신 값이 비싼 게 모범택시 아닌가.

3. 최규하 대통령은 '대리운전'이다.

남의 유고(음주)로 대통령 자리(운전석)에 앉았고, 운전 중 목격한 바에 대해 침묵하는 덕목이 영락없이 대리 운전기사를 닮았다.

4. 전두환 대통령은 '난폭운전'이다.

도로는 혼자만의 세상이고 광란의 질주를 벌인다. 대형사고도 여러 번 쳤다. 그래도 경제 고속도로에서만큼은 전문기사에게 운전대를 맡겨 '3저 (저금리·저달러·저유가)의 호재'라는 원활한 흐름을 거스르지 않았다.

5. 노태우 대통령은 '초보운전'이다.

'보통' 운전자임을 주장하며 운전 실력을 '믿어 달라.'고 외쳐댔지만 도로의 운전자들은 초보(물통령)라고 비웃었다. 난폭운전 덕에 한산해진 도로를 어려움 없이 달리는 듯했는데 집에 돌아와 보니 난폭운전자만큼이나 상처 투성이였다.

6. 김영삼 대통령은 '무면허운전'이다.

사상 '최연소 운전자', '운전 9단' 등 소문이 무성했는데 정작 운전대를 잡고 보니 직진밖에 모르는 무면허

유머충전소

였다는 것이다. 하기야 면허 없이도 운전할 수 있는 뚝심이 있었으니 금융실명제라는 작품을 만들어 낼 수 있었다. 나중엔 자기도 무면허 운전을 하겠다고 나선 아들에게 정신을 팔다 외환 위기를 맞고 말았다.

7. 김대중 대통령은 '음주운전'이란다.

IMF를 조기 졸업하는 데에는 성공했지만 임기 후반에는 각종 게이트로 정신을 잃을 지경에 이르렀다.

8. 노무현 대통령의 운전 습관은 '역주행'이란다.

대연정과 사학법, 장관 지명 등 사사건건 일반 정서와는 반대 방향으로 움직이는 노무현식 정치를 빗댄 것인데, 역주행은 다른 운전 형태보다 사고 확률이 높고 규모가 훨씬 클 수밖에 없다는 게 문제다. 지난해 노 대통령의 광복절 특사 이후 교통 사고율이 다시 높아지고 있다는 통계도 자꾸 마음에 걸린다.

2^x

Oldies
But
Goodies

무서운 가족

경찰이 속도 위반 차량을 잡고 있었다.

너무 느리게 달리는 차가 있어서 그 차를 세웠다.

차 안에는 할머니 네 명이 타고 있었다.

운전을 하는 한 명만 빼고 나머지 세 명은 뒷자리에 앉아서 다리와 손을 부들부들 떨고 있었다.

경찰이 할머니에게 말했다.

"할머니, 그렇게 느리게 달리면 안 돼요."

"이상하다. 분명 20이라고 써 있던데. 그래서 20㎞로 달렸는데 무엇이 잘못됐나?"

"그것은 국도 표시예요. 여기가 20번 국도거든요."

"아~ 그래."

"다른 사람들은 왜 손발을 부들부들 떨고 있나요?"

"방금 186번 국도를 타고 왔거든."

전일후삼前一後三

캥거루팀과 원숭이팀의 축구 경기가 열렸다.

경기 전에 캥거루 조련사 히딩크가 원숭이들을 불러서 물어보았다.

"전반전에 세 골 넣어서 이겨도 괜찮지? 원숭이팀 체면도 있고 하니 후반전에 한 골 정도 먹어 줄게 기다려!"

이 얘기를 들은 원숭이들은 불만에 가득 차서 우리를 두들기며 난동을 부렸다.

어쩔 수 없이 히딩크는 원숭이들을 달래 주었다.

"알았어. 그렇다면 선취골을 너희에게 주겠어."

원숭이들, 선취골을 넣자 기분이 좋아 후반전에 세 골을 먹어야 한다는 사실은 까맣게 잊고 빨간 엉덩이 흔들며 마냥 좋아하는데….

이를 일컬어 히딩크의 '전일후삼' 이라 했다.

여자 & 과일

여자와 과일의 상관 관계가 뭔지 아니?

10대 : 오렌지
우선은 까는 것이 무척 재미있고 맛도 상큼하잖아!
그런데 뒷맛이 신 건 왜일까?

20대 : 복숭아
통통하게 살이 올라 껍질만 까면 물이 줄줄 흐르는
것이 맛 또한 기가 막히다는 거 아냐.

30대 : 수박
칼만 댔다 하면 쫙쫙 벌어지는 것이 묘미지. 물도 엄
청 많고 맛도 좋다고.

40대 : 석류
저절로 딱 벌어진 게 보기에 좋지만 실상 맛은 없어.

유머충전소

50대 : 홍시
그냥 놔두면 쉬 상하므로 맛이 가기 전에 빨리 먹어 치워야 해.

60대 : 모과
과일도 아니고 먹지도 못하는 것이 냄새만 풍기고 다닌다니까.

그게 어디 사람이냐

한 여성잡지가 '우리나라 남편들이 이 세상에서 가장 싫어하는 사람은 누구일까?'라는 내용의 설문조사를 실시했는데, 그 1위로 '내 이웃집 남편'이라는 전혀 뜻밖의 결과가 나왔어.

그래서 그렇게 대답한 어느 30대 중반 남성에게 이유를 물었더니 투덜거리면서 이렇게 말하는 거야.

"내 참 기가 차서…. 아내의 말로 미루어 보면 옆집 남편은 회사에서는 능력 있는 사원이고, 친구들 사이에서는 인간성도 최고고, 아내한테는 값비싼 옷도 덥석덥석 잘 사 주고, 집안일도 아내가 잔소리하기 전에 척척 해내고, 게다가 밤일도 화끈하게 끝내 준다니 그게 어디 사람입니까?"

본프레레의 쪽지

대한민국과 토고의 경기가 있던 날 아침 본프레레가 토고 감독에게 쪽지를 건네 주며 한국팀한테 지고 있을 경우 펴보라고 했다.

토고가 전반전에 한 골을 넣고 의기양양하던 토고 감독. 후반전 들어오면서 동점골에 역전골까지 내 주고 화가 난 토고 감독은 본프레레가 준 쪽지를 펴 보았다.

그리고 더 화가 났다.

쪽지의 내용은 '차두리만 막아라~!'

곰보빵과 소보로

곰보빵을 너무 좋아하는 달봉이가 있었다.

하루는 곰보빵을 너무 먹고 싶어서 돼지저금통을 깨서 빵집에 들어갔다.

그런데 여종업원 얼굴이 곰보가 아닌가?

곰보빵 달라고 하면 자기를 흉보는 것 같아 종업원 기분이 나쁘겠고, 곰보빵은 먹어야겠고 해서 곰곰이 생각하던 달봉이….

'아! 곰보빵을 소보로라고 하니까 소보로빵 달라고 해야겠다.' 하고 종업원에게 다가간 달봉이 이렇게 외쳤다.

"소보로 누나! 곰보빵 두 개만 주세요."

잘못 걸려온 전화

따르릉 따르릉….

철컥!

"여보세요?"

"거기 맹구네 집이지요?"

"아니오. 여긴 영구네 집인데요. 전화를 몇 번에 거셨나요?"

"한 번에요."

책과 여자의 공통점

1. 표지가 선택을 좌우한다.

2. 아무리 노력해도 이해되지 않는 구석이 있다.

3. 세월이 흐르면 바랜다.

4. 표지가 안 좋으면 포장지를 씌우는 게 낫다.

5. 파는 것과 팔지 않는 것이 있다.

6. 잠자리에서 가끔 펼쳐본다.

세대 차이

【부부 생활 상태】

10대 부부 : 뭣 모르고 산다.(환상 속에서)

20대 부부 : 신나게 뛰면서 산다.

　　　　　　（서로가 좋기만 해서）

30대 부부 : 한눈 팔며 산다.

　　　　　　（권태기라고 고독을 씹으며）

40대 부부 : 마지못해 산다.(헤어질 수 없어서)

50대 부부 : 서로가 가여워서 산다.

　　　　　　（흰머리 잔주름이 늘어나서）

60대 부부 : 서로가 필요해서 산다.(등 긁어 줄 사람)

70대 부부 : 서로가 고마워서 산다.

　　　　　　（같이 살아 준 세월이）

낚시꾼과 경찰

낚시금지 구역에서 고기를 잡고 있는 젊은 낚시꾼에게 경찰관이 다가왔다.

경찰관 : 여기서 무엇을 하고 계시는 것입니까?

낚시꾼 : 네! 지렁이 목욕시키는 중입니다.

경찰관 : 어디 목욕하는 지렁이 좀 봅시다.

낚시꾼 : 아가씨가 옷 벗으면 창피하듯이 지렁이가 옷 벗고 있어 안 됩니다.

촛불 두 개

아버지와 아들이 같은 만찬회에 참석하게 되었다.

그런데 아버지는 아들에게 한마디 충고해 두는 것이 좋겠다는 생각이 들었다.

연회가 한참 진행되고 나서 그는 아들을 불러 놓고 타일렀다.

"얘, 저기 촛불 두 개가 보이지? 저게 네 개로 보이게 되면 일어나서 집에 가야 하는 거다."

그러자 아들이 말했다.

"알겠어요. 하지만 지금 저기엔 촛불이 하나뿐인걸요. 그러니 아버지께서 일어나셔야 할 것 같아요!"

남자의 일생 일곱 단계

첫째, 한 살은 왕이다.
모든 사람들이 왕을 알현하듯이 어르거나 비위를 맞춰 준다.

둘째, 두세 살은 돼지다.
맨땅이든 진흙탕이든 가리지 않고 뒹군다.

셋째, 열 살은 염소다.
웃고 떠들고 장난치며 뛰어논다.

넷째, 열여덟 살은 말이다.
덩치는 큰데 지혜는 익지 않아 무조건 힘자랑만 한다.

다섯째, 결혼을 하면 당나귀가 된다.
가정이라는 힘겨운 짐을 지고 무겁게 발걸음을 떼어야 한다.

여섯째, 중년은 개다.
가족을 먹여 살리기 위해 상사에게 꼬리를 치며 굽실
거려야 한다.

일곱째, 노년은 원숭이다.
어린아이 같아졌는데 아무도 관심을 두지 않는다.

마누라 왜 그래?

마누라하고 대판 싸우고 나서 미안한 생각이 들어 화해할 겸 저녁 외식이나 하자며 차를 끌고 나갔다. 마누라는 아직도 삐진 게 덜 풀렸는지 앞자리에 앉아서 아무 말도 하지 않고 앞만 쳐다보고 있었다.

마침 도로에 차들도 없고 해서 기분 좀 내려고 쌩쌩 달리는데 저만치 앞에서 경찰이 차를 세우라고 한다.

나 : 무슨 일이죠?

경찰 : 선생님, 과속하셨습니다. 80㎞ 주행 구간인데 140㎞로 오셨어요.

나 : 무슨 말을 하는 거예요? 90㎞로 몰았단 말이에요.

마누라 : 여보, 당신 140㎞ 넘었어요.

나 : (어? 이거, 내 마누라 맞아?)

경찰 : 그리구요, 선생님. 라이트가 나가서 불도 안 들어오네요. 이것도 벌금 내셔야 됩니다.

나 : 라이트가 나갔다구요? 무슨 소리…. 조금 전에도

불 잘 들어왔었는데….

마누라 : 여보, 지난 주에 주차장에서 앞차를 박아 둘
　　　　다 깨졌잖아요.

나 : (어? 점점 보자하니까…, 아무리 화가 덜 풀렸어도 그
　　렇지.)

경찰 : 이제 보니, 선생님 안전벨트도 안 매셨네요?

나 : 나, 원 참! 조금 전까지 매고 운전했는데 당신이
　　차 세우는 바람에 풀었잖아요!

마누라 : 무슨 말이에요. 언제 당신이 안전벨트 매고
　　　　운전한 적 있어요?

나 : (참다 참다 드디어 터졌다.) 아니, 이 마누라가 돌았
　　나? 입 닥치고 가만히 있지 못해?

경찰 : 아주머니, 바깥양반이 평상시에도 말투가 이
　　　렇습니까?

마누라 : 아니에요. 평상시에는 괜찮은데 술만 취하
　　　　면 그래요!

보리차

흡혈귀와 흡혈기 형제가 있었습니다.

흡혈귀는 놀부처럼 욕심이 무지 많았고요, 흡혈기는 흥부처럼 부지런했으나 딸린 식구가 많아 늘 찢어지게 가난했어요.

바야흐로 노출이 심해지는 여름철!

욕심 많은 흡혈귀는 이때를 틈타 많은 피를 비축해 놓았어요. 반면 흡혈기는 딸린 식구 먹여 살리는 것만으로도 힘에 겨웠지요.

그러던 중 계절은 덧없이 지나 가을, 그리고 겨울이 되었어요. 겨울이 되자 사람들은 언제 그랬냐는 듯 폴라티에 목도리로 중무장을 하고 다녔지요.

흡혈기는 아이들이 배고프다고 칭얼대자 염치없는 줄 알면서도 흡혈귀네 집에 찾아갔어요.

그리고는 너무나도 불쌍한 표정을 지으며 말했어요.

"형 미안해…. 배가 너무 고파서… 조금만 나눠 줄 수

유머충전소

없겠어?"

흡혈귀는 해마다 찾아오는 흡혈기가 너무나 얄미웠어요. 그렇지만 가엾다는 생각에 냉장고 문을 열고 위스퍼를 꺼내 던져 주며….

♥ "옛다… 보리차나 끓여 먹어라."

황당맨, 은행을 털다

살 길이 막막해진 우리의 황당맨!

급기야 은행을 털기로 결심하고야 마는데….

용감한 황당맨!

금고 여는 방법을 간신히 익혀, 은행으로 향하는데….

끼리릭, 끼리리— 익!!!

덜컹!!!

드디어 금고는 열리고, 황당맨은 떨리는 손을 진정시키며 금고문을 열었어.

엥? 그런데 이게 뭐야?

돈이 아니라 순 요플레들만 가득 채워져 있는 거야.

"에이!!! 할 수 없지 뭐. 이거라도 먹자!!"

해서… 우리의 황당맨은 금고 안에 있던 요플레를 모두 먹어치웠는데….

그…런…데…. 다음 날 일간 신문의 1면 기사!!

♥ '정자 은행, 괴한에게 털리다!!!!!'

주식에 관한 정의

'주식은 무엇인가?'에 대해 설명을 해드리겠습니다.

당신이 닭을 몇 마리 샀다고 가정을 하죠. 닭들이 달걀을 낳고 부화하여 병아리가 되고 커서 닭이 됩니다. 이렇게 몇 번을 반복하여 어느 순간에 당신은 1만 마리의 양계장을 소유하게 됩니다.

그런데 어느 날 엄청난 비가 와서 홍수가 납니다. 닭들은 모두 물에 빠져 죽고 당신은 빈털터리가 됩니다. 그때가 되면 당신은 이런 생각을 하며 후회를 합니다.

닭을 사지 말고 오리를 살걸 그랬어.

정신병 환자의 증상

어떤 정신병원이 있었습니다.
의사와 환자가 치료 중이었습니다.

의사 : 무슨 일로 오셨어요?
환자 : 제가 예전부터 계속 소라는 생각이 들어서요.
의사 : (당황하면서) 언제부터 그러셨는데요?
환자 : 송아지 때부터요.

대형차보다 소형차가 좋은 이유

1. 탑승 제한 인원은 동일하다.

2. 사고로 차가 망가져도 부담 없이 살 수 있다.

3. 리어카가 가는 길이라면 어디든지 갈 수 있다.

4. 불시에 기름이 떨어져도 혼자 밀고 갈 수 있다.

5. 좁은 골목에서 대형차와 마주쳐도 후진할 필요가
   없다.(두 사람만 있으면 번쩍 들 수 있으니까!)

확실한 치한 퇴치

어느 여학교에서 성교육 시간에 치한 퇴치법에 관한 강의가 있었어. 모든 설명을 마친 선생님은 맨 뒤에서 자고 있는 학생에게 질문을 던졌지.

"학생, 치안이 접근하면 어떻게 해야 되죠?"

"예, 일단 치마를 살짝 들어올립니다."

선생님은 학생의 대답에 무척 황당해 하며 다시 질문을 던졌어.

"그 다음엔?"

"그러면 그 치안이 다가오겠죠? 그럼 전 치마를 더 올립니다."

선생님은 얼굴이 빨개져 물었어.

"그리곤?"

"그리고 재빨리 그놈에게 무릎을 꿇고는 바지를 무릎까지만 벗어 달라고 부탁합니다."

선생님은 그만 머리끝까지 화가 났지만 다시 물었어.

"그리고는 어떻게 하지?"

♥ "뛰어야죠! 바지를 벗은 그놈하고 치마를 올린 저 하고 누가 더 빨리 달릴 것 같으세요?"

선생님을 기절시킨 답변

S 중학교 국어 시험
[문제] 문장 호응 관계를 고려할 때 괄호 안에 알맞은
　　　말은?
　　　"내가 (　) 돈은 없을지라도 마음만은 부유하다."
[정답] (비록)

[학생] "내가 (C발) 돈은 없을지라도 마음만은 부유하
　　　다."

A 중학교 가정 문제
[문제] 찐달걀을 먹을 때는 (　)을 치며 먹어야 한다.
[정답] (소금)

[학생] 찐달걀을 먹을 때는 (가슴)을 치며 먹어야 한다.

E 여고 중간고사 생물 시험
[문제] 괄호 안에 알맞은 단어를 쓰시오.

곤충은 머리, 가슴, ( )로 나뉘어져 있다.

[정답] (배)

[학생] 곤충은 머리, 가슴, (으)로 나뉘어져 있다.

S 초등학교 글짓기 시험

[문제] "(   )라면 (   )겠다."를 써서 한 문장을 지어 보세요.

[정답] "(내가 부자)라면 (가난한 사람들을 도와 주)겠다." 등등.

[학생] "(컵)라면 (맛있)겠다."

S 초등학교 체육 시험

[문제] 올림픽 운동 종목에는 ( ), ( ), ( ), ( )가 있다.

[정답] (육상), (수영), (체조), (권투) 등등.

[학생] 올림픽 운동 종목에는 (여), (러), (가), (지)가 있다.

S 초등학교 자연 시험
[문제] 개미를 세 등분으로 나누면 ( ), ( ), ( ).
[정답] (머리), (가슴), (배).

[학생] 개미를 세 등분으로 나누면 (죽), (는), (다).

어머! 창피해

어떤 남자와 여자가 으슥한 골목으로 갔더래요.

남자 : 우리 키스나 할까?
여자 : 어머! 창피해~.
그러자 남자가 그만 죽고 말았더래요.

왜?
창을 못 피했기 때문에….
썰렁~ 썰렁~.

여자가 부러울 때

1. 여자는 공기 통풍이 탁월한 치마가 있지만, 남자는 치마 입으면 미친 줄 알지요.
2. 여자는 북극의 얼음도 녹일 수 있는 애교가 있지만, 남자는 애교 부리다간 열라 터진답니다.
3. 여자는 신속하게 택시 잡는 허벅지가 있지만, 남자는 그랬다간 다리털 다 뽑힐걸요?!
4. 여자는 놀아도 신부수업한다고 하면 되지만, 남자는 신랑수업(?) 말도 안 됩니다.
5. 여자는 화장술로 변신이 자유롭지만, 남자는 화장하면 결혼식인 줄 알죠.
6. 여자는 약한 척해도 보호 본능이 생기지만, 남자는 약한 척하면 왕따 당합니다.
7. 여자는 배가 나오면 여왕 대접을 받지만, 남자는 배 나오면 환자 취급을 받아요.
8. 여자는 대머리될 염려가 없지만, 남자는 한 가닥도 목숨 걸고 지켜야 하지요.

유머충전소

9. 여자는 헤어 스타일 선택이 자유롭지만, 남자는 7 : 3 아니면 6 : 4로 비율 조절이 한정되어 있답니다.

10. 여자는 예쁜 걸로 모든 게 용서가 되지만, 남자는 허우대만 멀쩡하단 소릴 듣게 되죠.

11. 여자의 눈물은 동정심을 사지만, 남자는 눈물 흘리면 조의금 들어옵니다.

12. 여자는 돈 없어도 야타족이 있어 무임승차가 가능하지만, 남자는 그랬다간 멸치잡이 신세 될걸요.

13. 여자는 키가 작아도 귀엽다는 말을 듣지만, 남자는 키 작으면 스머프인 줄 압니다.

신혼 부부 이야기

1. 비행기 안에서

서울 신부 : 자기~ 나 자기 팔베개하구 자도 돼?

서울 신랑 : 응? 응, 그래.

이를 본 경상도 신부 : (샘 나서) 보이소! 저 팔베개해
도 됩니꺼?

경상도 신랑 : 와, 니 졸리나? 마 디비자문 될끼 아이
가?!

2. 제주도 해변에서

서울 신부 : (신랑을 툭 치고는 애교 있는 몸짓으로 뛰어
가며) 자기야! 나 잡아봐라~.

서울 신랑 : (뒤따라가며) 자기~ 사랑해!

이걸 보고 샘이 난 경상도 신부, 신랑을 툭 친다는 게
너무 세게 치고 말았다.

경상도 신부 : (아차 하며 뛰어간다.) 보이소~ 나 잡아 보이소~.

경상도 신랑 : (잔뜩 화가 나 씩씩대며) 니, 내 손에 잡히면 쥑이뻰다!

3. 별을 세며

서울 신부 : 자기야! 저 별이 더 예뻐, 내 눈이 더 예뻐?

서울 신랑 : (살포시 포옹을 하며) 그야 자기 눈이 더 예쁘지.

샘이 날 만도 한 경상도 신부 : 보이소! 저 별이 더 예쁩니꺼, 내 눈이 더 예쁩니꺼?

경상도 신랑 : 별이 니한테 머라 카드나?

4. 둥근 달을 보며

서울 신부 : 자기! 저 달이 더 예뻐, 내가 더 예뻐?

서울 신랑 : (볼에 살며시 입맞추며) 그야 자기가 훨씬

더 예쁘지.

있는 대로 열을 받은 경상도 신부, 씩씩거리며 신랑 앞에 탁 버티고 섰다.

경상도 신부 : 보이소!! 내가 이쁜교, 저 달이 이쁜교?

경상도 신랑 : 야!! 대가리 치워라 마!! 달 안 보인다 아이가!!

유머충전소

악몽

어느 부부가 잠을 자고 있었는데….

새근새근 드르렁 쿨~.

그런데 남편이 벌떡 일어나더니 땀을 뻘뻘 흘리는 거예요.

부인이 남편에게 물었죠.

"당신 왜 그래요?"

"나 방금 악몽을 꾸었어."

"어떤…?"

♥ "샤론 스톤과 당신이 나를 차지하려고 싸우다가, 결국은 당신이 이기고 말았어."

골초들의 변명

1. 술을 마시면서 껌을 씹기는 고역이지만 담배는 술을 마시면서 얼마든지 피울 수 있다.

2. 껌은 자본가의 지갑을 두둑하게 하지만 담배는 나라의 재정에 밑거름이 된다.

3. 껌은 잘못 씹다가 턱이 빠질 염려가 있지만 담배는 종일 피워도 턱이 빠질 염려가 없다.

4. 바닥에 붙은 껌을 제거하려면 아줌마들의 노동력 (삼각형 모양의 끌칼로 바닥의 껌 제거)이 엄청 소요되지만 담배는 빗자루로 살살 쓸기만 하면 된다.

5. 껌을 예찬한 대문호는 없어도 담배를 예찬한 공초 (꽁초) 오상순이나 임어당 같은 대문호는 있다.

꼬추 넣게 벌려!

할머니 한 분이 고추 보따리를 들고 버스에 올랐답니다. 보따리가 앞문으로 안 들어간다는 사실을 익히 아신 할머니는 뒷문으로 올라오셨는데….

여러분 혹시, 뒷문과 좌석 사이에 공간이 있다는 사실을 아는지.

할머니께서 그곳으로 보따리를 밀어넣으시려고 하는데, 한 여학생이 그곳에서 이어폰을 끼고 서 있는 게 아니겠어요.

할머니께서 아무리 뭐라고 그래도 이어폰 때문에 못 들은 여학생은 음악에만 열중하고 있었더래요.

이에 화가 머리끝까지 난 할머니는 여학생의 어깨를 치며 큰 소리로 말했답니다.

♥ "아, 학생~ 꼬추 넣게 다리 좀 벌려!"

밝히는 남자

1. 첫 만남
순진한 남자는 처음 여자를 만나 인사할 때 간단히 목례만 하지만, 밝히는 남자는 반드시 악수라는 형식으로 손부터 잡아보고 시작한다.

2. 데이트
순진한 남자는 데이트를 할 때 저녁을 먹고 커피를 마시지만, 밝히는 남자는 저녁을 먹고 술을 마신다. 1차, 2차, 3차…?

3. 이야기
순진한 남자는 상대방 여자의 눈을 혹은 입을 보면서 이야기하지만, 밝히는 남자는 여자의 가슴 아래를 보면서 이야기한다.

4. 영화

순진한 남자는 여자가 영화를 보고 싶다고 하면 예약을 해서라도 개봉관으로 데리고 가지만, 밝히는 남자는 일부러 매진되는 곳만 골라서 다니다가 어쩔 수 없다면서 비디오방으로 데리고 간다.

5. 매직 데이

순진한 남자는 여자가 별 이유도 없이 여기저기 아프다고 힘들어 하면 걱정이 되어서 빨리 병원으로 가자고 하지만, 밝히는 남자는 그저 빙그레 미소만 지을 뿐이다.

6. 술

순진한 남자는 여자가 술에 취하면 술이 깰 때까지 기다려서 집에까지 데려다 주지만, 밝히는 남자는 일단 술이 깰 때까지 여관으로 데리고 간다.

7. 구두

순진한 남자는 여자와 같이 걸어가다가 여자의 구두

굽이 부러지면 구두를 들고 뛰어가서 얼른 구두굽을 고쳐 가지고 오지만, 밝히는 남자는 아무 말 없이 여자를 등에 업고 구두를 고치러 천천히 걸어간다.

8. 생일
순진한 남자는 여자의 생일에 향수나 인형을 사 주려고 하지만, 밝히는 남자는 속옷과 함께 키스를 해 주려고 한다.

9. 눈
순진한 남자는 여자와 함께 길을 가면서도 오직 여자의 얼굴만 바라보며 한눈을 팔지 않지만, 밝히는 남자는 좀 예쁘다 싶은 여자만 지나가면 눈과 함께 고개가 자동으로 돌아간다.

10. 소나기
순진한 남자는 데이트 도중에 소나기가 내리면 얼른 우산을 두 개 사지만, 밝히는 남자는 절대로 우산을 하나만 사서 이 기회에 옆에 꼭 붙어서 간다.

11. 포옹

순진한 남자는 여자와 포옹을 할 때 손으로 가만히 여자의 등을 감싸안지만, 밝히는 남자는 여자를 안고 있으면서 손이 계속 엉덩이 쪽으로 내려간다.

12. 키스

순진한 남자는 여자와 키스를 할 때 여자 입술의 루즈가 지워질까 봐 조심스럽게 하지만, 밝히는 남자는 아무리 빨간 루즈라도 다 먹어 버린다.

13. 이별

순진한 남자는 여자와 인연이 다 되어 이별을 하는데 그냥 잘살라고 악수만 하고 헤어지지만, 밝히는 남자는 끝까지 한 번 더 안아보고 헤어진다.

일등석은 안 가요

아주 예쁜 금발 여자가 공항에 들어섰다.

그녀는 파리로 가는 일반석 티켓을 가지고 비행기에 탑승했는데 일등석 자리에 앉아버렸다. 승무원이 그녀가 가진 티켓이 일반석이니 해당 자리로 가도록 말했다. 그러자 금발 여자가 말했다.

"난 금발이거든요. 파리에 갈 거고, 자리를 옮기지 않겠어요."

다른 승무원들이 여러 번 와서 말해 보았지만 여자의 반응은 똑같았다.

"난 금발이거든요. 파리에 갈 거고, 자리를 옮기지 않겠어요."

그러자 조종사가 상황을 알아채고 일등석실로 내려왔다.

금발 여자를 발견한 조종사는 여자의 귀에다 속삭였다. 금발 여자는 허겁지겁 소지품을 챙기더니 일반석으로 달려갔다.

승무원이 물었다.
"뭐라고 말씀하신 거죠?"
조종사가 대답했다.

♥ "별거 아닌데… 그냥 일등석은 파리로 가지 않는
다고 했지."

개들의 전국대회

전국에서 각 시·도를 대표하는 개들이 삼복을 앞두고 전국대회를 열고 살아남기 위한 10계명을 아래와 같이 채택했다.

1. 아무나 보고 짖지 않는다.
2. 땅에 떨어진 음식이나 모르는 사람이 주는 음식을 함부로 먹지 않는다. 미끼일 수 있다.
3. 복날에는 아무리 주인이라도 함부로 믿고 따라가지 않는다.
4. 가급적 밖으로 나돌아다니지 않는다. 불가피하게 나가더라도 영양탕집 앞을 지나가서는 안 된다.
5. 미견계를 쓸 수 있으니 예쁜 강아지를 봐도 눈길을 주지 않는다.
6. 기온이 30도 이상 올라가면 야산으로 도망쳐서 25도 이하로 떨어진 후에 돌아온다.
7. 성이 변(便)가인 개는 특히 조심해라. 만인의 표적

이다.

8. 만약 잡히면 입에 거품을 물고 길길이 날뛰면서 미친 척하라.

9. 다른 개가 잡혀가는 것을 목격하더라도 의협심을 발휘해 도와 주면 안 된다. 함께 개죽음을 당할 수도 있다.

10. 이상의 수칙은 초복 열흘 전부터 말복 열흘 뒤까지 지킨다.

여사장의 퇴근

당돌녀와 참한녀, 그리고 순진녀 이렇게 세 명은 여사장이 경영하는 작은 회사에 다니고 있었어.

그런데 언제부터인가 여사장이 매일같이 몇 시간씩 일찍 퇴근하는 거야.

세 명의 여직원은 그래도 책임의식이 강했던지라 한동안 정시에 맞춰서 퇴근을 했지.

그러던 어느 날 참한녀가 말했어.

"사장이 매일같이 일찍 퇴근하는데, 우리도 일찍 퇴근하자."

셋은 입맞춰 그러기로 했지.

그날 여사장이 오후 3시에 퇴근을 하고, 세 명의 여직원도 잠시 후에 퇴근을 했어.

당돌녀는 오래간만에 남자 친구와 오붓한 데이트를 즐겼고, 참한녀는 못다한 집안일도 깨끗하게 마무리 었지.

그리고 순진녀는 집에 도착하자마자 침실로 향했어.

그런데 침실 안에서 인기척이….

살그머니 다가가 침실 안을 보았더니 글쎄 남편과 사장이 같이 있지 않겠어.

결국 순진녀는 아무 말도 못하고 집을 나서고 말았지.

다음 날….

여직원들은 모여서 어제의 얘기를 나눴어.

당돌녀,

"어제 난 남자 친구 만나서 너무 즐거웠다! 정말 신나더라."

참한녀,

"나도 오래간만에 집에 일찍 가니까 너무 좋더라. 우리 오늘도 일찍 갈래?"

그러자 순진녀가 당황한 듯 말했어.

♥ "난 싫어. 어제 일찍 퇴근한 거 하마터면 사장한테 걸릴 뻔했단 말이야."

그녀가 버스 기사를 좋아하는 이유

1. 그는 커다란 물건을 가지고 다닌다.
2. 그는 크기도 커다란 것을 마구 밀어붙인다.
3. 그는 아무리 많은 사람을 태워도 힘이 남아돈다.
4. 그는 후진보다 전진에 능하다.
5. 그는 기술(?)이 뛰어나다.
6. 그는 좁은 길도 잘 파고든다.
7. 그는 잠깐씩만 쉬었다가 금방 또 달린다.
8. 그는 혹시라도 고장이 났을 땐 다른 것으로 대체해 준다.
9. 그는 타고 나면 쉬지 않고 흔들린다.
10. 그는 아침 일찍부터 밤늦게까지 계속 태워 준다.
11. 그는 언제 어디서나 태워 준다.
12. 그는 내가 만족하면 내려 준다.
13. 그는 내 마음대로 내려도 화내지 않는다.
14. 그는 언제쯤 내리면 되는지 친절하게 가르쳐 주기도 한다.

유머충전소

15. 그는 남자 친구와 같이도 태워 준다.
16. 그는 여자 친구와 같이도 태워 준다.
17. 그는 서로 자기 것에 타라고 경쟁하기도 한다.
18. 그는 타다가 졸아도 그냥 내버려둔다.
19. 그는 졸다가 깨도 계속 달린다.
20. 그는 남의 시선을 상관하지 않고 탈 수 있다.
21. 그는 달릴 때 육중한 소리가 난다.
22. 그는 넓은 길도 잘 달린다.
23. 그는 길이 넓다고 화내지 않는다.
24. 그는 넓은 길을 꽉 채우고 잘 달린다.
25. 그는 탁 트인 야외에서도 잘 달린다.
26. 그는 아줌마도 태워 준다.
27. 그는 할머니도 태워 준다.
28. 그는 타는 사람에게 꼬치꼬치 물어보지 않는다.
29. 그는 처음 보는 사람도 잘 태워 준다.

♥ 처음 타는 사람도 그를 쉽게 탈 수 있다.

공통점 찾기

붕어빵 장사의 붕어빵이 탔다.
결투를 하던 서부의 총잡이가 죽었다.
위의 공통점은?

♥ 너무 늦게 뺐기 때문이다.

드라마 허준 증후군

1. 허재를 허준으로 잘못 말한 적이 가끔 있다.
2. 닭을 보면 닭의 어느 부위에다 젓가락을 꽂아야 할지 고민하게 된다.
3. 레스토랑에서 하늘색의 냅킨을 보면 그것을 팔이나 몸에 붕대처럼 두르고 밖에 나가고 싶어진다.
4. 가장 빨리 시험지를 내고 나온 애가 왠지 1등일 것 같다.
5. 오픈 북으로 시험을 치르더라도 외운 다음 책을 덮고 시험을 친다.
6. 한의원에 침을 맞으러 가서 의사 선생님을 부를 때 '의원님' 이라는 말이 본인도 모르게 나온다.
7. 무슨 좋은 일이 있을 때 축하한다는 말보다 감축하네라는 말을 들으면 더 기분이 좋다.

그녀가 교수를 좋아하는 이유

1. 그는 늘 시간이 많아서 나오라고 하면 언제든지 나온다.
2. 그는 혹 자기가 못 나오면 젊은 조교라도 내보낸다.
3. 그는 한 번 시작하면 최소한 50분은 한다.
4. 그는 10분 쉬었다가 또 할 수 있다.

이런 남편이 되어 주세요

1. 아내의 명령에 무조건 복종하는 충성심이 강한
   … 돌쇠
2. 일하고 돈벌 때는 개미처럼 부지런한 … 마당쇠
3. 아내의 단점이나 잘못을 절대 말하지 않는 철통 같
   은 … 자물쇠
4. 아내의 마음이 닫혀 있을 때 언제나 활짝 열어 주
   는 … 만능열쇠
5. 모진 세파에도 끄떡없이 가정을 지키는 강인한
   … 무쇠
6. 아내가 아무리 화를 내고 짜증을 부려도 그저 둥글
   둥글 … 굴렁쇠
7. 아내와 대화를 할 땐 부드럽고 감미로운 수액의
   … 고로쇠
8. 친구들과 어울릴 때는 돈 한푼 안 쓰는 짠돌이
   … 구두쇠

술에도 급수가 있네

일찍이 청록파 시인 조지훈 님은 바둑에 급과 단이 있듯 술을 마시는 데도 급수와 단이 있다고 논했다.[酒道有段 주도유단]

9급 부주不酒 : 술을 아주 못 마시진 않으나 안 마시는 사람

8급 외주畏酒 : 술을 마시긴 하나 술을 겁내는 사람

7급 민주憫酒 : 마실 줄도 알고 겁내지도 않으나 취하는 것을 민망하게 여기는 사람

6급 은주隱酒 : 마실 줄도 알고 겁내지도 않고 취할 줄도 알지만 아쉬워서 혼자 숨어 마시는 사람

5급 상주商酒 : 마실 줄 알고 좋아도 하면서 무슨 잇속이 있을 때만 술을 내는 사람

4급 색주色酒 : 성생활을 위해 술을 마시는 사람

3급 수주睡酒 : 잠이 안 와서 술을 마시는 사람

2급 반주飯酒 : 밥맛을 돕기 위해서 마시는 사람

초급 학주學酒 : 술의 진경을 배우는 사람 - 주졸酒卒

초단 애주愛酒 : 술의 취미를 맛보는 사람 - 주도酒徒

2단 기주嗜酒 : 술의 진미에 반한 사람 - 주객酒客

3단 탐주眈酒 : 술의 진경을 체득한 사람 - 주호酒豪

4단 폭주暴酒 : 주도를 수련하는 사람 - 주광酒狂

5단 장주長酒 : 주도 삼매에 든 사람 - 주선酒仙

6단 석주惜酒 : 술을 아끼고 인정을 아끼는 사람 - 주현酒賢

7단 낙주樂酒 : 마셔도 그만 안 마셔도 그만, 술과 더불어 유유자적하는 사람 - 주성酒聖

8단 관주觀酒 : 술을 보고 즐거워하되 이미 마실 수 없는 사람 - 주종酒宗

9단 폐주廢酒 : 술로 말미암아 다른 술 세상으로 떠나게 된 사람 - 열반주涅槃酒

이어서 조지훈은 주도酒道에는 9단 이상은 이미 이승 사람이 아니기 때문에 단을 매길 수 없다는 것이다.

축구 약팀과 강팀의 차이

어느 축구 해설자의 화려한 언변
1. 약자가 드리블하면 "볼을 저렇게 길게 갖고 있으면 안 되죠."
2. 강자가 드리블하면 "굉장한 개인기군요."
3. 약자가 중거리 슛을 하면 "무모한 짓이에요."
4. 강자가 중거리 슛을 하면 "대포알 같습니다."
5. 약자가 미드필더를 조여들면 "축구를 답답하게 하는군요."
6. 강자가 미드필더를 조여들면 "축구는 저렇게 중앙부터 조여 줘야…."

당신이 뭘 알아

부인은 말끝마다 '당신이 뭘 알아요?'라고 하며 시도 때도 없이 남편을 구박했다.

어느 날 병원에서 부인에게 전화가 왔다. 남편이 교통사고를 당해 중환자실에 있으니 빨리 오라는 연락이었다.

부인은 허겁지겁 병원으로 달려갔다. 그러나 병원에 도착했을 때는 이미 남편은 세상을 뜬 후였다.

평소에 남편을 구박했지만 막상 죽은 남편을 보니 그렇게 서러울 수가 없었다. 부인은 죽은 남편을 부여잡고 한없이 울었다. 부인이 한참을 그렇게 울고 있는데 남편이 슬그머니 천을 내리면서 말했다.

"여보! 나 아직 안 죽었어!"

그러자 깜짝 놀란 부인은 울음을 뚝 그치면서 남편에게 버럭 소리를 질렀다.

♥ "당신이 뭘 알아요? 의사가 죽었다는데!"

1,000원에 1,000원 더

선생님이 초등학생 아이에게 물었다.

"네가 1,000원을 갖고 있는데 아빠에게 1,000원을 더 달라고 했다면 너는 얼마를 가지게 되니?"

그러자 아이가 대답했다.

"1,000원이요!"

선생님은 걱정스러운 표정으로 말했다.

"너는 산수를 잘 모르는구나!"

그러자 아이가 한숨을 쉬며 하는 말,

♥ "선생님은 저의 아버지를 잘 모르시는군요!"

아이의 기도

1. 저기요… 우리 이모네 집엔 애기가 많거든요. 근데 울 이모 배가 또 커지고 있어요. 이번에는 이쁜 강아지를 낳게 해주세요.

2. 저기요… 울 아빠는 배가 점점 커지기 시작한 지 백 밤도 더 지났거든요. 근데 제 동생은 언제 나오는 거예요? 알려 주세요.

3. 제가 먹다 남긴 케이크 냉장고에 넣었거든요. 근데 제가 자는 동안에는 케이크가 아주 쓰게 해주세요. 아빠가 몰래 먹지 못하게….

4. 저기요… 지난 크리스마스 때 주신 선물 다른 물건으로 바꿔 주시면 안 될까요? 우리 엄마는 매일 텔레비전에서 받은 거 다른 물건으로 잘 바꾸던데…, 저도 좀 바꿔 주세요.

3장

Rest
Time

통신 중독 증상

1. 그는 새벽에 일어나 화장실 갔다 오는 길에도
   - 컴퓨터를 부팅시키고 메일을 확인한다.
2. 몸에 'EXPLORER 5.0 이상에서만 볼 것'이라는
   - 문신이 새겨져 있다.
3. 통신을 하다 접속을 끊었을 때의 기분은 마치
   - 사랑을 나눈 뒤의 허전함 같다.
4. 그는 비행기를 타서도 무릎 위에 항상
   - 노트북을 놓아야 마음이 놓인다. 물론 자식은 짐
     칸에 들어가 있다.
5. 그는 공짜 인터넷 접속을 위해
   - 학교 졸업을 2년 정도 늦게 했다.
6. 그는 56K 모뎀을 갖고 있는 사람을 보면
   - 슬며시 웃는다.
7. 그는 일상 편지에도
   - 스마일리를 사용한다.

유머충전소

8. 결정적으로 그는 하드가 깨져서 모뎀 접속이 안 되면
   - 수동적으로 전화를 걸고 비명 같은 이상한 소음을 내 통신 접속에 성공한 적이 있다.

군대에서 깨닫는 진리

1. 우리나라 기후는 사계절이 아니다.
   - 아하!! 울타리 안은 춥고 바깥은 따뜻하고 결국 여름과 겨울 두 계절이다.
2. 저울과 불빛이 없어도 정확하게 배식할 수 있다.
   - 정말!! 시계가 없어도 밥때(?)는 알 수 있다.
3. 자면서도 건빵을 먹고 졸면서도 달릴 수 있다.
   - 고참이 되면!! 눈감고도 TV 시청을 할 수 있다.
4. 검열 받는 3분, 그것을 준비하는 일 주일보다 길다.
   - 그리고 제대하기 바로 전날이 26개월보다 더 지루하다.
5. 맑은 날보다 비 오는 날이 훨씬 기다려진다.
   - 그래!! 화이트 크리스마스는 악몽처럼 느껴진다.
6. 남자는 세 번 우는 것이 아니라 네 번 운다.
   - 태어날 때, 부모님 돌아가셨을 때, 나라가 망할 때, 마지막으로 한 달 고참이 많을 때다. 돌아버리네!!

7. 가수는 가창력보다 섹시함이 최고고 탤런트는 연기력보다 글래머가 최고다.
   - 결국!! 여자는 엄마와 애인 두 부류로 보인다.

8. 에베레스트 산이 높아도 유격장 꼭대기보다 낮다.
   - 정말!! 태평양이 넓어도 잡초 무성한 연병장보다 좁다.

9. 기합을 받으면 애국가 4절까지 그냥 외워진다.
   - 믿지 못하겠지!! 머리를 박고 있으면 십 년 전 일기도 기억이 난다.

10. 졸병일 때 고참과 근무를 서면 못 부르던 노래도 본인도 모르게 술술 나오게 된다.
   - 그리고 없던 애인과의 러브 스토리도 저절로 만들어진다.

11. 밤은 짧고 낮은 길다.
   - 칭찬은 무지 아끼고 기합은 엄청 헤프며, 휴가는 짧고 신고는 길다.

12. 젤 부러운 사람이 환자고 젤 불쌍한 사람이 축구 못 하는 사람이다.
   - 젤 위대한 사람이 예비군이다.

13. 표창장, 상장보다 병장이란 것을 갖고 싶고 심장병, 상사병보다 무서운 게 있다.

    - 바로 헌병이다.

14. 막사 주위에 꽃을 심으면 꽃이 피지 않으며 나무를 심으면 곧 썩어 죽는다.

    - 이유는 화장실이 멀어서다.

호랑이 새끼를 키웠어!

사부 : 아니…, 네가 나에게 어떻게!

제자 : 사부님, 제가 세상에서 제일의 무술인이 되기 위해서는 어쩔 수 없습니다.

사부 : 난 너를 어렸을 때부터 자식처럼 키워왔다. 근데 네가 나를 죽이려고 하다니!

제자 : 죄송합니다. 얍!(제자 발길질에 쓰러진 사부)

사부 : 헉! 내가 호랑이 새끼를 키웠어, 호랑이 새끼를….

제자 : 그걸 이제야 아셨다니 불쌍하군요. 안녕히 가십시오.

사부 : 다시 한 번 생각해 봐라. 내가 호랑이 새끼를 키웠다고.

제자 : 더 이상 생각할 필요도 없습니다. 안녕히 가십시오.(제자가 사부를 죽이려 하자 갑자기 제자 뒤에서 호랑이가 나타나 제자를 덮쳤다.)

사부 : 내가 호랑이 새끼를 키웠다니까.

산부인과에서 생긴 일

한 산부인과에 임신부가 진통을 하면서 실려 왔다.

소리를 지르면서 실려가는 침대카 옆에 남편으로 보이는 남자가 따라가며,

"여보! 조금만 참아! 조금만…."

하며 안타까운 표정으로 아내를 위로했다.

병원 복도를 지나 임신부가 탄 침대카가 분만실로 들어가자 남편이 함께 들어가려 했다.

그때 간호사가 문에 붙어 있는 문구를 가리키며 말했다.

"관계자 외 출입금지입니다. 밖에서 기다려 주세요."

그러자 남편 하는 말.

"이것 보쇼! 내가 관계자여. 참내!"

뭘까요?

1. 어두운 곳에 있기를 좋아하고 대부분 어두운 색이다. 여자를 사귀면 사용하는 횟수가 많아지고 결혼하면 사실상 소유권은 여자가 갖는다. 또 술을 많이 마시면 자주 꺼내고 커지면 당당하고 작아지면 어깨가 움츠러든다. 내용물을 보관하다가 필요한 사람에게 주는 은행도 있다. 깊이 넣을수록 좋고 빨지 말고 부드러운 걸로 닦아 줘야 한다. 가끔 화장실에서 확인하고 잃어버리면 큰일난다. 지하철에서 조심해야 하고 목욕탕에서도 조심해야 한다. 나는 뭘까요? 지갑

2. 내가 들어가면 상대방은 아프다고 한다. 삽입 후난 상대에게 액체를 삼키지 말고 뱉으라고 충고한다. 그러나 사실 상대가 삼키든말든 별로 신경 쓰지 않는다. 나는 당신의 입을 구역질나게 한다. 나는 뭘까요? 치과 의사

3. 먼저 손가락이 나의 작고 둥근 몸 속으로 슬그머니 들어온다. 언제나 최고의 남자가 가장 먼저 나를 갖는다. 나는 뭘까요? 결혼반지

4. 나는 두 쪽으로 나누어져 있으며, 먹히기 전에 벗겨져야 한다. 사람들은 날 먹기 전에 핥기도 한다. 나는 뭘까요? 땅콩

5. 나는 하루 종일 들어왔다 나갔다 하기를 반복하며, 영어로는 Blow job이라고도 한다. 나는 나의 원래 뿌리보다 훨씬 더 커지기도 한다. 남자의 입에 들어갈 때도 있지만, 대부분 여자의 입에서 논다. 나는 뭘까요? 풍선껌

6. 나는 정말로 크기가 각양 각색이다. 내 컨디션이 별로 좋지 않을 때는 질질 흘리기도 한다. 당신이 날 불어 주신다면(blow me), 기분이 한결 좋아질 수 있을 텐데 나는 뭘까요? 코

7. 난 주로 남자들과 함께 일하고 가끔 커다란 공이 매달려 있을 때도 있다. 내가 대낮에 일하고 있을 때는 마을 여자들이 눈살을 찌푸린다. 나는 뭘까요? 기중기

8. 고릴라의 콧구멍이 큰 이유는 뭘까요? 손가락이 크기 때문!

9. 늙은 젖소에게 얻을 수 있는 것은 뭘까요? 유통 기간이 지난 우유

10. 졸부 딸이 사는 곳에 형광등이 고장 났다. 그녀의 요구는 뭘까요? 아빠! 아파트 새로 갈아 줘!

11. 물고기가 헤엄치다 바위에 부딪히면 뭐라고 할까요? C8!

12. 던져도 돌아오지 않는 부메랑은 뭘까요? 작대기

13. 처녀림은 어디에서 볼 수 있나요? 못생긴 나무숲

14. 전화번호부에 '김 씨'가 가장 많은 이유는 뭘까요? 그들이 전화를 가지고 있기 때문

15. 넣을 때의 설렘, 흔들 때의 즐거움, 뺄 때의 아쉬움~ 나는 뭘까요? 저금통

오락실의 고수 하수

1. 격투 오락
1) 하수 - 기술 익히는 데 온 힘을 기울인다.
2) 중수 - 상대방 이기는 데 온 힘을 기울인다.
3) 고수 - 실제 싸움에 응용해 본다.

2. 상대방이 욕을 하면
1) 하수 - 같이 욕을 한다.
2) 중수 - 조용히 끌고 나간다.
3) 고수 - 웃는다. 이제는 귀엽게까지 느껴진다. 가볍게 퍼펙트로 이겨 준 뒤에 '요새는 쓰레기도 오락을 하는군….' 이라고 말해 준다.

3. 두더지 잡기
1) 하수 - 열심히 맞추는 데 신경을 쓴다.
2) 중수 - 순서를 기억할 정도다.
3) 고수 - 옆에 지나다니는 사람이 때리고 싶어진다.

4. 축구 오락
1) 하수 - 이기는 데 목숨을 건다.
2) 화려한 플레이에 온 힘을 기울인다.
3) 고수 - 자살골이 넣고 싶어진다.

5. 레이스 게임
1) 하수 - 정석대로 열심히 한다.
2) 테크닉을 개발하기 시작한다.
3) 고수 - 뜬금없이 운전면허 시험을 본다고 지랄을
   떤다.

6. 펀칭머신
1) 하수 - 손이 얼얼하다.
2) 중수 - 꽤 높은 점수가 나오기 시작한다.
3) 기계를 때려 부순다.

7. 기계가 돈을 먹으면
1) 하수 - 말하기가 뭐하다~. 귀찮으니 그냥 백 원 더
   넣는다.

2) 중수 - "아줌마~ 여기 돈 먹었어요~." 당당히 말
한다.

3) 고수 - 안 먹었어도 먹었다고 말한다.

유머충전소

숨겨진 특수요원

쉿! 이것은 비밀이야. 그러니깐 다른 사람에게는 말하지 마. 우리나라에는 3대 특수요원들이 있다. 국정원(옛날 안기부 요원), 공수부대 특전요원, 그리고 공익요원이 있다. 그 중 북에서 가장 두려워하는 요원이 바로 공익요원이다.

공익요원(Public Green, Green Agent)은 지금까지 김정일이 두려워서 남침하지 못했던 방위를 개편해서 미국의 그린베레를 본 따서(그래서 복장도 Green이다.) 더욱더 강하게 만든 특수요원들이다.

1. 주차요원
그들은 평상시에 자신의 신분을 철저히 감춘 채 주차단속을 하지만 전시만 되면 대형주차 딱지 한 다발을 들고 적의 전차에 주차 딱지를 붙임으로써 적 전차를 무용지물로 만들어버리는 요원들이다.

2. 산악요원

그들은 평상시에는 깊은 산속에서 짱 박혀(이것을 혹자들은 '비트'라고도 함.) 몇 날 며칠간 밥을 먹지 않고 라면과 소주만을 먹으며 고스톱을 쳐대는 무서운 특수요원들이다. 이들은 공무원 아저씨들이 어떻게 찾든 들키지 않고 피할 수 있을 정도로 동물과 같은 감각을 지니고 있다고 한다. 일설에 의하면(이것은 기밀 사항이므로 될 수 있으면 남들에게 얘기하지 말 것.) 저번에 죽은 무장공비 11명은 같은 편 공비들에게 죽은 것이 아니라 우리의 산악요원들에게 당했다고 함.

3. 우편배달요원

그들은 평상시에는 우편배달 업무를 하다가 전시에는 적들이 어느 오지에 있든 적의 주소로 폭탄 소포를 가지고 가서 직접 전달한다고 함.(이들은 내가 추측하기로는 우리나라 기술로는 토마호크 같은 미사일을 만들지는 못하고 미사일 살 돈도 없고 하니까 남아도는 건 인력뿐이라는 결론이 나서 이들 요원들을 양성한 것으로 추측됨. 그러니까 일종의 인간 순항 미사일임.) 그 외에는 우리 사회의 안

전을 위해 암암리에 활약하고 있는 요원들이 많으나 워낙 베일에 싸여 있어서 알려진 것은 별로 없다.

커피가 애인보다 좋은 이유

1. 커피는 내가 원하면 언제든지 다른 것으로 바꿀 수 있다.
2. 커피는 인스턴트 커피(?)를 사도 불법이 아니다.
3. 커피는 내가 원한다면 다른 커피와 섞어 마실 수도 있다.
4. 커피는 애인과 달리 아무리 설탕을 넣어 줘도 살이 찌지 않는다.
5. 커피는 애인과 달리 내가 아무리 크림(?)을 넣어도 임신하지 않는다.
6. 커피는 다른 집에 있는 커피잔이 크다고 나에게 투덜대지 않는다.
7. 커피를 마시고 난 뒤에는 곯아떨어지지 않는다.
8. 커피는 늘 향기가 좋고 애인과는 달리 아침에 봐도 흉측한 몰골이 아니다.
9. 커피는 작은 티스푼으로 저어 줘도 좋아한다.
10. 커피는 결정적으로 싸다.

유머충전소

컴퓨터가 아내보다 좋은 이유

1. 그는 뭐든지 저장시키면 기억한다.
2. 그는 입냄새, 방귀냄새, 발냄새를 참아 준다.
3. 그는 결과를 예측할 수 있는 존재다.
4. 그는 명령어가 정해져 있다.
5. 그는 사운드가 시끄러우면 볼륨을 낮추든가 끄면 된다.
6. 그는 처음 살 때의 모습 그대로다. 시간이 흐르면 약간 때는 타도.
7. 그가 다운됐을 때는 다시 부팅시키면 대부분 해결 된다.
8. 그는 주변기기가 정해져 있다.
9. 그는 일정 금액으로 통신, 인터넷, 게임 모두 즐길 수 있다.
10. 그는 점점 소형화되어 노트북은 물론, 팜탑까지 등장한 지 오래다.
11. 결정적으로 그는 원할 때 언제나 사용 가능하다.

동화가 끼치는 나쁜 영향

한 연구 결과에 의하면 아이들이 잘 읽는 동화가 아이들에게 나쁜 영향을 미치는 주요인이 된다는 보고가 있다.

1. 해님달님 : 폭력을 동반한 무리한 요구.
2. 홍길동전 : 청소년의 잦은 가출 유발.
3. 백설공주와 일곱 난쟁이 : 과다한 보디가드 채용으로 사행심 조장.
4. 흥부전 : 가족 계획에 대한 반항.
5. 혹부리 영감 : 예뻐지기 위한 과도한 성형수술 유도.
6. 인어공주 : 공주병의 원인.
7. 금도끼 은도끼 : 지나친 선물의 오고감.
8. 재크와 콩나무 : 농약의 과다 사용 유도.
9. 선녀와 나무꾼 : 여성 목욕탕에 대한 흥미 유발과 성적 자극 유발.

교육 효과

젊은 주부가 배우학교에 다녔으나 연극에는 한 번도 출연하지 않았다.

어느 날 남편 친구가 한마디 했다.

"자네가 아내에게 연극 공부를 시킨다고 지출한 10만 원 말이야, 그건 아무리 봐도 잘못 쓴 거로군."

"천만에. 그 덕에 옷 입는 게 빨라졌다네. 요즘엔 어딘가에 가자고 하면 10분 안에 차리고 나서거든. 전에 한 시간도 더 걸렸는데 말이야!"

뭘 기대해!

한 학생이 길을 가다 대변이 너무 급했다. 그때 눈에 띈 화장실이 있어 급히 뛰어 들어가 볼일을 다 보고 닦으려는데 휴지가 없는 것이다.

그 학생은 매우 난감해 하며 닦을 것을 찾아 주위를 둘러보았다. 눈에 띄는 것이 있었는데 그것은 한쪽 벽에 붙어 있는 작은 쪽지였다.

쪽지에는 이렇게 적혀 있었다.

'만약 닦을 게 없으시면 손가락으로 닦으시고 이 쪽지 아래에 있는 구멍으로 손가락을 깊게 넣어 주세요.'

"이야~ 세상 참 편해졌구만, 손가락 세척기도 있고."

그래도 다행이라고 생각한 학생은 손가락으로 쓰윽~ 닦아 주고 그 구멍 안으로 손가락을 힘차게 넣었다. 하지만 구멍 끝에서 기다리는 건 바늘이었다. 학생은 아픔과 동시에,

"앗 따거!"

라고 외치며 손가락을 입으로 가져갔다.

아내와 정부

의사, 변호사, 수학자의 화제는 아내와 정부의 상대적 장점이었다.

"당연히 정부가 낫죠. 마누라의 경우 이혼하려면 법적 문제들이 얼마나 번거로운데요."
라고 변호사는 말했다.

"마누라가 낫습니다. 안심할 수 있어서 스트레스가 안 쌓이니까 건강에 좋거든요."
라고 의사는 말했다.

두 사람의 말을 가만히 듣고 있던 수학자가 말했다.

"두 분 다 틀렸어요. 둘 다 똑같이 있어야 해요. 아내는 내가 정부와 지내고 있다고 생각하고, 정부는 내가 아내와 함께 있다고 생각하는 시간에 나는 수학을 할 수 있거든요."

뛰는 놈과 나는 놈

일반인 : 뛰는 놈 위에 나는 놈 있다.

신비주의자 : 뛰는 놈이 곧 나는 놈이다.

고대수학자 : 뛰는 놈의 발자국 간격은 2로 나누어 떨어질까?

현대수학자 : 글쎄다…, 국제 세미나를 열어봐야 알 수 있다.

아담 스미스 : 뛰는 놈과 나는 놈이 서로 분업한 게 틀림없다.

마르크스파 : 뛰는 놈은 나는 놈에게 착취당한다.

프로이트파 : 뛰는 것은 발기의 상징이요, 나는 것은 절정의 상징이다.

라이트파 : 나는 놈은 우리가 처음이다.

안동 양반집 : 뛰는 놈이나 나는 놈이나 다 상놈이여!

주사파 : 뛸 때도 날 때도 모든 것을 주체적으로!

약장사 : 이 약 한 병만 먹어 봐, 뛰는 놈이 날 수가 있어!

학생부 교사 : 복도에서 뛴 놈은 누구고, 자율학습 시
간에 날아버린 놈은 누구냐?

남과 여

성장 속도 : 여자는 17세에 이미 다 성장한다. 그러나 남자는 37세에도 오락과 만화에 빠져 허우적댄다.

외출 : 남자가 외출할 준비가 되었다고 하면 실제로 나갈 준비가 된 것이다. 여자가 준비가 되었다고 하면 실제로 씻기, 화장하기, 옷 고르기 등을 제외한 나머지가 끝났다는 것이다.

고양이 : 여자는 고양이를 좋아한다. 남자도 고양이를 좋아한다고 말한다. 그런데 여자가 안 볼 때는 고양이를 발로 찬다.

추억 : 결혼 후에 여자는 결혼식 날의 추억에 빠진다. 남자는 총각 시절의 그리움에 빠진다.

유머충전소

거울 : 남자는 우연히 거울 앞을 지날 때 자신의 모습을 본다. 여자는 반사되는 모든 물건(거울, 숟가락, 창문, 대머리…) 앞에서 자신의 모습을 보려한다.

통화 : 남자는 중요한 약속이나 안부를 묻기 위해 가끔 전화를 사용한다. 여자는 하루 종일 같이 지낸 친구 사이에도 자기 전에 3시간 이상 통화한다.

방향 : 여자는 방향을 모를 때 주유소에서 물어본다. 남자는 방향을 모를 때 끝까지 헤매다가 기름이 떨어져서 주유소에 들르게 되면 물어본다.

살다 보면…

1. 친구들과 술을 마시고 밤늦게 집에 들어와 이불 속에 들어갔는데 마누라가 '당신이에요?' 라고 묻더라.
   - 이 여자가 몰라서 묻는 걸까? 딴 놈이 있는 걸까??

2. 이제 곧 이사해야 하는데 집주인이란 작자가 와서는 3년 전 이사 오던 때랑 똑같이 원상태로 회복시켜 놓고 나가란다.
   - 젠장~ 그 많은 바퀴벌레들을 어디서 잡아다가 놔야지??

3. 신이시여~ 정말 미래를 내다보는 지혜가 존경스럽습니다.
   - 어떻게 인간들이 안경을 만들어 낄 줄 알고 귀를 여기다 달아 놓으셨습니까?

4. 여자 친구에게 키스를 했더니 입술을 도둑맞았다고 흘겨본다.
   - 다시 입술을 돌려 주고 싶은데 순순히 받아 줄까?

5. 요즘 속셈학원이 많이 생겼는데 뭘 가르치겠다는
   - 속셈일까?

6. 하루밖에 못 산다는 하루살이들은 대체 밤이 되면
   - 잠을 자는 것일까? 죽는 것일까?

7. 참치 통조림을 따다가 손가락을 베었다.
   - 젠장~ 손가락 있는 사람도 이런데, 참치를 먹는
     다는 고래나 상어는 도대체 어떻게 하는 걸까?

8. 대문 앞에다 크게 '개조심'이라고 써 놓은 사람의
   마음은
   - 조심하라는 선한 마음일까? 물려도 책임 못 진다
     는 고약한 마음일까?

9. 우리 마누라 외출한다고 눈화장에다 속눈썹까지 달고는 - 선글라스는 왜 끼는 걸까?

10. 마흔도 안 돼서 얼마 남지 않은 머리카락 때문에 심란한데 이발소에 가니 이발사가 "어떻게 잘라 드릴까요?" 하고 음흉하게 쳐다본다.
   - 짜식~ 내 입에서 "파마해 주세요."라는 말이 나오길 바라는 걸까? 아님 "시원하게 다 뽑아 주세요."라는 말이 나오길 바라는 걸까?

여자가 남자보다 탁월한 이유

1. 털이 없는 다리는 공기 역학적으로 우수하다.
2. 여자는 자식이 '남의 씨일까?' 하고 걱정할 필요가 없다.
3. 여자는 타이타닉 호에서 먼저 탈출한다.
4. 똑같이 미쳐도 여자는 오빠부대, 남자는 스토커다.
5. 여자의 눈물은 멍청한 경찰들에게 잘 통한다.
6. 여자는 남자보다 오래 산다.
7. 여자는 싼값에 빨리 술 취할 수 있다.

부부가 보는 해

1. 첫날밤을 지낸 신혼부부가 밤에 보는 해
   신부 : 만족해
   신랑 : 행복해

2. 한 달을 살고 난 밤에 보는 해
   신부 : 더 해
   신랑 : 고마해

3. 이제 중년에 접어든 부부가 밤에 보는 해
   신부 : 뭐 해
   신랑 : ~~~

다시는 돌아오지 않을 멋진 첫날밤(?)

한 신혼부부가 결혼식을 끝내고 신혼여행지로 떠났다. 그리하여 신부가 그렇게 고대하던 첫날밤을 맞게 되었다.

그런데 조금 덜떨어진 신랑은 잠을 잘 생각을 않고 창문을 열고 고개를 내민 채 계속 밤하늘만 쳐다보고 있었다.

그래서 신부가 신랑에게 물었다.

"잠 안 잘 거예요?"

그러자 신랑은 여전히 창에 매달린 채 고개만 돌리고는 신부에게 이렇게 대답했다.

♥ "아까 친구 녀석들이 오늘밤처럼 멋진 밤은 다시는 돌아오지 않을 거라고 말하더군. 그런데 아무리 봐도 아직은 잘 모르겠어. 조금만 더 기다려 보자구."

야한 닭 이야기

이름이 색골계라는 엄청난 수탉이 한 마리 있었다.

농장에 있는 암탉은 혼자서 다 건드리고 닭뿐 아니라 개도 건드리고 소도 돼지도 안 당한 동물이 없었다. 모든 동물이 경탄을 했고 주인 아저씨도 혀를 내둘렀다. 이제는 이웃 농장에까지 원정을 가서 위력을 과시하고, 새벽에 이슬을 맞고 초췌한 표정으로 집으로 돌아오곤 했다.

주인 아저씨는 걱정이 돼서 말했다.

"색골계야, 너무 밝히면 건강을 해친단다. 그러다가 오래 못 살까 걱정이구나. 젊은 시절에 정력을 아껴 두어야지. 그러다가 내 짝 난다."

그러나 색골계는 주인에게 말했다.

"아저씨, 괜찮아요. 제 방식대로 살겠어요."

그러던 어느 날 농장 뒤뜰에 색골계가 쓰러져 있었다. 숨은 쉬지만 눈을 감은 채 쭉 뻗어서 죽은 듯이 움직이지 않았다. 주인 아저씨는 놀라서 달려가며 외쳤다.

"아이구, 색골계야. 결국 이렇게 됐구나. 내 말을 안 듣더니, 이게 웬일이냐!"

그러나 색골계는 누운 채로 주인에게 말했다.

♥ "쉿! 저리 가요. 지금 독수리를 기다리는 거예요."

스타와 팬

스타1

어느 인기 연예인이 한 번은 술에 취해서 집에 왔는데 집 앞에서 팬들이 기다리고 있는 것이다. 팬들을 보고는,

"정말 미안해. 난 해준 게 하나도 없는데……."

라고 하더니 마침 마당에 어머니께서 널어 놓으신 고추를 팬들에게 던지며 말했다.

"이거라도 받아 줘! 내 마음이야~!"

그때 어머니가 나오셔서,

"너 뭐하는 거야? 얼른 안 주워!"

하셨다. 그러자 스타 하는 말.

"팬 여러분~, 같이 주워요!"

스타2

어느 인기 연예인이 가방을 메고 가는데 뒤에서 팬이 갑작스레 껴안자 하는 말,

"하지 마! 귤 터져!"

스타3

어느 인기 연예인이 팬사인회를 하는데 종이를 받아 들고 머뭇거리자 팬은 날짜를 몰라 그러는 줄 알고,

"9일이에요^^."

라고 말했다. 잠시 후 그 팬이 받은 사인에는 'to. 구일 이에게~'라고 적혀 있었다.

댁의 부인은 어떻습니까?

바람기가 다분히 있는 부인을 둔 한 남자가 지방에 장기 출장을 갔다가 걱정스런 마음으로 돌아왔다.

그는 자기가 살고 있는 아파트 수위에게 물었다.

"혹시 제가 출장간 사이 303호에 누구 찾아온 사람 없었죠? 특히 남자는?"

"없었는데요. 다만 피자 배달부가 3일 전에 한 번 온 것밖에는요."

수위의 말을 듣자 남자는 안도의 한숨을 내쉬었다.

"휴우~ 그럼 다행이군요."

그러자 수위가 한숨을 내쉬면서 혼자말처럼 말했다.

♥ "그 청년이 아직 안 내려왔어요."

그걸 아빠가 직접?

교외로 놀러간 한 부인이 큰 소를 끌고 가는 소년을 보고 그 소년에게 말했다.

"넌 그 소를 끌고 어디에 가는 거냐?"

"윗동네에 있는 소에게 교접을 붙이러 가요."

어린 소년의 입에서 아무렇지도 않게 교접이라는 말이 나오자 부인은 놀라며 그 소년에게 물었다.

"뭐라꼬? 그런 일은 네 아빠가 하지 않고?"

그러자 부인의 말에 소년이 무척 놀라며 말했다.

♥ "아주머니도, 그걸 어떻게 아빠가 직접 해요?"

면도는 잠자리 들기 전에 해요

출근하기 전에 면도를 마친 남편이 아내에게 이렇게 말했다.

"자기야, 면도를 하고 나면 난 항상 10살쯤 젊어진 것 같은 생각이 든단 말이야. 자기가 보기엔 어때? 그렇게 보이지 않아?"

그 말을 들은 아내가 대답했다.

♥ "그렇다면 면도는 저녁 잠자리에 들기 전에 해요!"

웅녀가 되고파

사람이 되고 싶었던 곰은 하느님을 찾아갔다.

"하느님…, 사람이 되고 싶습니다. 사람이 될 수 있게 해주십시오."

그 간절한 부탁을 거절할 수 없었던 하느님은 곰에게 쑥과 마늘을 던져 주며,

"100일 동안 쑥과 마늘만을 먹고 견뎌야 한다."

라고 했다. 마늘과 쑥을 한아름 안고 동굴로 들어간 곰! 그리고 100일이 지났다.

곰은 부푼 가슴을 안고 다시 하느님을 찾아갔다.

"하느님, 100일 동안 쑥과 마늘만을 먹고 견뎠습니다. 어서 사람이 되게 해주십시오."

그러자 흐뭇한 미소를 지으며 하느님이 입을 열었다.

"자…, 너는 이제 냄새가 나지 않고 육질이 부드럽겠구나~."

나도 할 말 있다

찜질방에 여러 명의 남자와 여자들이 있었다.

어느 여사님 왈,

"여자들은 얼라들 낳고 몸조리를 제대로 못해서 나이 먹으면 온몸이 다 아픈기라~. 그래서 그놈의 신경통 때문에 찜질방에 와서 찜질하는데, 남자들은 무엇 때문에 찜질방에 오는지 이해가 안 가는기라~!"

그러자 옆에 있는 남자 왈,

"아지매요~. 우리 남자들이 왜 찜질방에 오냐고요? 여자분들이 이유가 있듯이 남자들도 다 이유가 있어 오는 거 아니유?"

그러자 그 아지매 왈,

"이유가 뭔데요? 여자들은 얼라 낳느라고 고생했지만요, 남자들은 얼라 낳을 때 뭐 했다고 찜질방에 온다 말입니꺼?"

이에 옆에 있던 남자 왈,

유머충전소

♥ "남자들은 얼라 만드느라고 무르팍이 다~ 까지고 신경통이 걸렸지 않소. 그놈의 무릎 신경통 땜시 오는 거 아닙니꺼~."

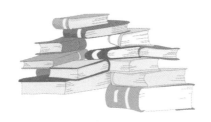

5대양 6대주

초등학교 1학년인 짱구는 5대양 6대주에 대해 알아오라는 숙제를 들고 고민하고 있었다. 마침 시골에서 올라오신 할아버지께서 그런 짱구를 불러 숙제를 도와주겠다고 하신다.

"5대양은 말이다. '김 양, 박 양, 윤 양, 서 양, 이 양'이라고 쓰면 되고…, 6대주는 '맥주, 소주, 양주, 포도주, 동동주, 그리고 마지막 하나는 막걸리'라고 쓰면 된다."

라고 하셨다.

다음 날 짱구는 선생님께 혼나고 돌아왔다.

그 모습을 본 할아버지… 곰곰이 생각하시더니 짱구에게 하시는 말씀.

"아참, 내가 깜빡하고 탁주를 막걸리라고 적어 줬구나…."

유머충전소

부부싸움 5계명

1. 상대방의 특기와 주먹의 강도를 미리 알고 덤비니 이를 '지'라고 한다.
2. 때려서 피가 나는 곳을 두 번 때리지 않으니 이를 '선'이라 한다.
3. 싸움 도중에도 머리칼이나 의상이 흐트러지면 바로 고치는 것이니 이를 '미'라 한다.
4. 살림을 부숴도 값나가는 것은 차마 부수지 않으니 이를 '현'이라 한다.
5. 싸움 후 맞은 곳을 서로 주물러 주고 잔해 처리를 함께하는 것이니 이를 '의'라 한다.

두 명의 골초

두 명의 골초가 담배를 피우고 있었다.

"담배를 안 피우면 장수한다는 게 사실일까?"

"아냐, 단지 사람들이 그렇게 느끼는 것뿐이야."

"어째서? 네가 그걸 어떻게 알아?"

"사실 나도 그 얘길 듣고 시험 삼아 하루 끊어봤거든…."

그가 말끝을 흐리자 친구가 궁금하다며 대답을 재촉했다.

"그랬더니 하루가 얼마나 긴 지 정말 오래 사는 기분이 다 들더라니깐~!"

상담원

1. 7년 동안 기른 개를 잃어버렸습니다. 광고문을 붙이고 현상금을 걸어도 소식이 없는데 어떻게 하면 개를 찾을 수 있을까요?
   - 광고문에 '두 근 반 드림'이라고 쓰십시오.

2. 26세의 백수건달입니다. 용하다는 점쟁이가 커다란 돈뭉치가 정면으로 달려들 운세라고 하더군요. 복권을 살까요, 아니면 경마장에 가볼까요?
   - 길을 건널 때 현금수송차를 조심하세요.

3. 일곱 살 먹은 아들이 좀처럼 말을 듣지 않습니다. 불러도 대답하지 않고 딴 짓만 합니다. 아이가 커서 뭐가 되려고 저절까요?
   - 웨이터나 동사무소 직원을 시키세요.

물의 깊이

차를 타고 가던 남자가 물을 만났다. 물의 깊이를 몰라 망설이던 남자는 옆에 있던 한 아이에게 물었다.

"애야, 저 도랑이 깊니?"

"아뇨, 아주 얕아요."

남자는 아이의 말을 믿고 그대로 차를 몰았다.

그러나 차는 물에 들어가자마자 깊이 빠져 버리고 말았다. 겨우 물에서 나온 남자는 아이에게 화를 냈다.

"이놈아! 깊지 않다더니 내 차가 통째로 가라앉았잖아! 어른을 놀려?"

그러자 아이는 고개를 갸우뚱거리며 말했다.

♥ "어? 이상하다 아까는 오리 가슴밖에 안 찼는데…."

달리기

손오공 : 야! 달리기를 하는데 2등을 추월하면 몇 등
　　　　이게?

사오정 : 당연히 1등이지!

손오공 : 실망했다. 2등을 추월하면 2등이지 1등이
　　　　냐? 야, 이번엔 잘해 봐.

사오정 : 알았어(잔뜩 긴장).

손오공 : 달리기를 하는데 꼴등을 추월했어! 그럼 몇
　　　　등이냐?

사오정 : 꼴등 다음이잖아~.

손오공 : 미치겠다. 어떻게 꼴등을 추월하냐? 하하하!

못 살아

어느 부흥집회에서 목사가 설교 도중 질문을 했다.

"세상에서 가장 차가운 바다는 '썰렁해'입니다. 그럼 세상에서 가장 따뜻한 바다는 어디일까요?"

성도들이 머뭇거리자 목사가 말했다.

"그곳은 '사랑해'입니다. 우리 모두의 마음이 항상 따뜻한 바다와 같이 사랑하는 마음이길 원합니다."

평소 남편으로부터 사랑한다는 말을 한 번 듣는 것이 소원인 여신도가 집회가 끝나고 집에 가서 남편에게 온갖 애교를 부리면서 똑같은 질문을 했다.

"여보, 내가 문제를 낼 테니 한 번 맞추어 봐요. 세상에서 가장 차가운 바다는 '썰렁해'래요~, 그럼 세상에서 가장 뜨거운 바다는 어디일까요?"

남편이 머뭇거리며 답을 못하자 온갖 애교 섞인 소리로 힌트를 주면서 말했다.

"이럴 때 당신이 나에게 해주고 싶은 말 있잖아~!"

그러자 남편이 의미심장한 표정으로 웃음을 지으며

유머충전소

자신 있게 하는 말.

♥ "열~ 바다!"

그놈의 양심냉장고가 슈퍼 주인을 잡네

너무나 뼈에 사무치도록 양심냉장고에 한이 맺힌 슈퍼 주인이 있었다.

한 손님이 그 슈퍼에 술을 사러 가서 술을 달라고 하자 슈퍼 주인은 주민등록증을 요구했다. 그리고 다음 날, 담배를 사자 다시 주민등록증을 요구했다. 손님은 법을 잘 지키는 슈퍼 주인이 대견해서 다음에도 그 슈퍼에 물건을 사러 갔다.

손님은 주인에게 개밥을 내밀며 얼마냐고 물었다. 그러자 슈퍼 주인이,

"개밥은 개가 있어야 팔 수 있습니다."

라고 말했다.

손님은 술, 담배와 개밥은 다르지 않느냐고 항의를 해도 주인은 막무가내였다. 화가 난 손님, 집으로 달려가 개를 끌고 와서 보여 주고 개밥을 샀다.

그래도 계속 화가 나는 손님!

"좋아! 너 여기 꼼짝 말고 가만히 있어!"

이렇게 말하고는 집으로 달려가 웬 검은 봉지를 하나 갖고 와서는 슈퍼 주인에게 내미는 것이었다. 놀란 슈퍼 주인은 그 손님에게 물었다.

　"이게 뭐예요?"

　"글쎄!! 한 번 넣어 봐!"

　슈퍼 주인은 검은 봉지에 손을 넣다 그만 물컹한 기분이 좋지 않은 느낌에 손을 빼면서 외쳤다.

　"앗! 똥이잖아!"

　그러자 손님, 씩 웃으며 이렇게 말했다.

　♥ "이제 나, 화장지 사도 되지?"

오랜만에 참새 시리즈

참새 두 마리가 전깃줄에 앉아 있었다.

둘은 뭐가 그리 좋은지 쉴새없이 짹짹거리고 있었다.

지나가던 포수가 이 광경을 목격했다.

두 마리가 하도 꼭 붙어 있어서 한꺼번에 잡으려 했지만 조준이 잘 안 됐다.

하는 수 없이 한 마리만 잡으려는데 자세히 보니 한 마리는 털이 하나도 없는 것이다.

"어차피 먹을 거니까 이왕이면 털 없는 참새를 잡아야겠다."

'타아앙!'

옆에 있던 참새가 놀라 달아나면서 하는 말,

♥ "우쒸~! 겨우 벗겼는데…."

컴퓨터는 여성? 남성?

컴퓨터는 여성임에 틀림없다. 왜냐구?

1. 창조주를 제외하고는 그 누구도 그 깊은 속의 이론을 알 수 없다.
2. 매우 하찮은 실수까지 그의 메모리에 기억되어 나중에 영향을 끼침.
3. 컴퓨터끼리 하는 대화는 이해하기 힘들다.(여성들의 대화도^^)
4. 한 번 빠져들면 월급의 반은 그것의 액세서리를 추가로 구입하는 데 소요된다.

그 뒤론 기억이 없어요

어느 날 같은 아파트 같은 동 17, 18, 19층에 살고 있던 3명의 남자가 동시에 죽어 저승으로 오게 되었다. 그들은 염라대왕 앞에서 서로 억울하다며 하소연을 늘어놓았다.

"아니, 제가 출장을 갔다가 17층 내 집에 돌아오니 글쎄 현관에 내 신발도 아닌 다른 남자의 신발이 놓여 있지 않겠어요? 놀라서 침실문을 열었더니 아내 혼자더라구요. 화가 나서 구석구석을 다 뒤지는데 베란다에 웬 녀석의 손가락이 매달려 있는 게 아니겠어요? 화가 나서 그 녀석 손가락을 홱 제쳐 떨어뜨렸죠. 그런데 이 녀석이 떨어지다가 정원에 있는 나무를 턱 붙잡잖아요? 분한 마음에 냉장고를 들고 나와 밑으로 냅다 집어던졌죠. 그런데 재수가 없으려니깐 냉장고 코드가 발에 걸려서 이렇게~ 그 자식은 죽어도 싸지만 전 너무 억울합니다."

유머충전소

18층에 사는 다른 남자가 이에 질세라 끼어들었다.

"제 말씀 좀 들어봐요. 저는 그냥 베란다에서 물청소를 하다가 발을 헛디뎌 그만 밖으로 떨어졌는데 간신히 17층 베란다 난간을 붙잡아 목숨을 부지했다고 좋아했건만 어떤 남자가 절 보더니 손가락을 홱 제치는 거예요. 결국 밑으로 떨어지다가 기적적으로 밑에 있는 나무를 붙잡았는데 바로 제 머리 위로 냉장고가 떨어진 거예요. 나 참!"

19층에 사는 남자가 은근 슬쩍 말을 꺼냈다.

"무슨 말씀을! 억울한 건 나예요! 그냥 쉬고 있는 나를 17층 여자가 전화를 걸어 남편이 먼 곳으로 출장을 가서 오늘밤은 안 온다고 유혹하기에, 그냥 재미만 보려고 했더니 갑자기 그 집 아저씨가 들어오잖아요. 너무 놀라서 급한 김에 냉장고에 숨었는데 그 뒤론 기억이 없어요."

앵무새 그리고…

어느 컴컴한 밤 아무도 없는 집에 도둑이 들었다.

그런데 갑자기 집 안쪽에서 말소리가 들렸다.

"난 봤다! 영구도 봤다!"

놀란 도둑이 조심조심 발길을 옮기려는데 또 소리가 들렸다.

"난 봤다! 영구도 봤다!"

그런데 소리만 들릴 뿐 아무런 기척이 없었다. 도둑이 소리 나는 쪽으로 전등을 비춰보니 앵무새 한 마리가 앉아 있었다.

"미친 놈의 새 같으니!"

도둑은 안도의 숨을 몰아쉬며 중얼거렸다.

앵무새는 여전히 재잘거렸다.

"난 봤다! 영구도 봤다!"

"시끄러!"

도둑은 무섭게 소리를 지르고는 벽의 스위치를 눌러 불을 켰다.

190

그런데 불이 켜지자마자 흉악하게 생긴 불독 한 마리가 앵무새 둥지 옆에서 눈알을 부라리며 자기를 노려보고 있는 게 아닌가.

그때 앵무새가 소리쳤다.

♥ "영구야, 물어!"

4장

Adult
Humor

엽기적인 초보운전 문구

1. 할아버지가 운전하고 있습니다. 삼천리 금수강산 무엇이 급하리~!
2. 초보운전! 세 시간째 직진중.
3. 왕초보! 밥하고 나왔어요!
4. 옆뒤 절대 안 봄. 주의) 우리 남편 화나면 강아지 됩니다.
5. 원초적 초보운전! 충돌주의, 급제동주의, 수시로 시동 꺼짐, 좌우 백미러 무시, 경사로 밀림.
6. 백미러 안 보고 운전합니다. 옆으로 절대 오지 마세요.
7. 당황하면 후진해요.

5천만 국민이 원하는 건?

실화라는 전설이 내려오는 이야기다.

어느 날 약간은 푼수 같은 모(?) 대통령이 수해 지역을 헬기를 타고 시찰하던 중이었다. 갑자기 모(?) 대통령은 재미있는 생각이 났는지 같이 탄 사람에게 말했다.

"내가 만약에 만 원을 떨어뜨리면 그 돈을 주운 사람은 정말 기뻐하겠지?"

아부로 잔뼈가 굵은 참모 한 명이 거들었다.

"만 원을 천 원짜리 10장으로 해서 떨어뜨리면 열 명이 기뻐할 것입니다."

그러자 아부에는 더 일가견이 있는 참모가 말했다.

"그것보다는 100원짜리로 바꿔서 떨어뜨리면 100명이 각하에게 감사하며 기뻐할 것입니다."

이렇게 아부에 아부를 계속하고 있는데 조종사 왈,

♥ "만약 헬기를 추락시키면 5천만이 기뻐하고 춤을 추겠지?"

암탉의 죽음

닭들만이 모여서 사는 마을에 금실 좋은 닭 부부가 살았다. 그러던 어느 날 그렇게 금실이 좋았던 수탉이 암탉을 죽을 만큼 패서 내쫓으며 소리치는 것이었다.

"아니 이것이! 어디서 오리알을 낳아!"

그런 일이 있고 난 며칠 후 암탉이 죽은 채로 발견되었다.

동네 아줌마닭들은 모여서 수군거렸다.

"쯧쯧~ 아니, 며칠 전에 수탉이 암탉을 패더니 분명히 수탉이 죽였을 거야."

소문이 소문을 낳고 그 소문이 다시 소문을 낳아 닭들의 마을에 흉흉한 바람이 일었다. 그 마을의 촌장닭은 진상을 조사하기 위하여 수탉에게 물었다.

"수탉, 자네가 죽였나?"

그러자 수탉이 황당하다는 듯이 하는 말,

♥ "뭐요? 저 혼자서 타조알 낳다가 죽었어요!"

세대 차이

홍겹게 CD를 듣고 있던 아들에게 아버지가 다가오더니 말했다.

"아들아, 뭐 하니?"

"아빠~ CD."

"누구 노랜데…, 아빠도 들어보게 좀 줘봐라."

"음, 아빠 '동방신기' 아세요? 중국에서도 인기 많은 그룹 있잖아요."

"그럼 알지. 아빠가 그렇게 구세대야? 어여 줘봐."

아빠는 얼른 이어폰을 귀에 꽂더니 자신 있는 목소리로 말했다.

"햐~ 노래 좋구나~ CD라서 음질도 좋고~ 좋다~!"

그렇게 몇 분 동안 노래를 들으시던 아빠가 CD를 꺼낸 다음 CD를 뒤집어서 다시 넣는 것이다.

"아빠 뭐하세요?"

그러자 아빠가 말했다.

"응? B면도 들어보려구~."

남자의 나이와 불의 관계

1. 남자의 10대는 성냥불(?)
   - 봐!! 슬쩍 건드리기만 해도 활활 타오르네.

2. 남자의 20대는 장작불(?)
   - 그래!! 겉도 강한 화력인데다 그 근처도 뜨겁잖아!!

3. 남자의 30대는 연탄불(?)
   - 잘 봐!! 겉모습은 그래도 속은 은은한 화력을 자랑한다.

4. 남자의 40대는 화롯불(?)
   - 꺼진 불도 다시 보자!! 뒤적거려 보면 불씨가 살아 있잖아.

5. 남자의 50대는 담뱃불(?)
  - 미워도 다시 한 번!! 있는 힘껏 빨아야만 불이 붙네.

6. 남자의 60대는 반딧불(?)
  - 쯧쯧!! 불도 아닌 게 불인 척하고 있네.

바람둥이의 고민

한 남자가 인상을 찡그리며 회사에 들어섰다. 그 모습을 본 동료가 그에게 물었다.

"자네 왜 그래? 무슨 일 있나?"

"편지가 왔는데, 자기 애인을 계속 만나면 죽일 거래."

"나 같으면 여자를 안 만나겠네."

♥ "나도 그러고 싶어. 근데 누구 애인인지 알아야지? 이 편지는 보내는 사람 이름이 없잖아."

냄새 없는 방귀의 진실

한 남자가 있었다. 그 남자는 고민이 있었다.

방귀를 뀌면 이상하게도 소리만 크게 날 뿐 냄새가 전혀 나지 않는 것이었다. 이를 이상하게 여긴 남자는 병원에 갔다.

"선생님, 전 방귀를 뀌면 소리만 크고 냄새가 전혀 나지 않아요. 무슨 병이라도 있는 건 아닌지~."

"그럼 방귀가 나올 때까지 기다려 보죠."

시간이 좀 흐르자 큰 소리와 함께 방귀가 나왔다. 그러자 얼굴이 누렇게 변한 의사가 말했다.

♥ "급히 코 수술부터 해야겠네요."

명절 때 미운 사람

1. 가깝게 살면서도 늦게 오는 동서.
2. 형편 어렵다며 빈손으로 와서 갈 때 이것저것 싸가는 동서.
3. 한 시간이라도 빨리 가서 쉬고 싶은데 눈치 없이 고스톱, 포커 등을 계속 치는 남편.
4. 술 취했으면서도 안 취했다고 우기며 가는 손님 붙잡는 남편.
5. 시댁은 바로 갔다 오면서 친정에 일찍 와서 참견하는 시누이.
6. 잘 놀다가 꼭 부침개 부칠 때 와서 식용유 엎는 조카.
7. 며느리 친정 안 보내면서 시집간 딸은 빨리 오라고 하는 시어머니.
8. 시댁에는 20만 원, 처가댁에는 10만 원으로 차별하는 남편.

9. 늦게 와서는 아직도 일하고 있느냐며 큰소리를 치는 형님.

10. 집에 가려고 준비 다 했는데 '한 잔 더하자.' 며 술상 봐오라는 시아버지.

할머니의 승리

어느 노인 부부가 살고 있었는데 이들은 노년의 무료함을 달래기 위하여 매일매일 결투를 했다. 그런데 결과는 아직은 할아버지보다 정정한 할머니의 승리로 끝나는 것이었다.

할아버지는 어떻게든 죽기 전에 할머니에게 한 번 이겨 보는 게 소원이었기에 며칠을 궁리했다. 그래서 생각 끝에 할아버지는 할머니한테 숙명의 결투를 제의했다. 할아버지가 제시한 결투 내용 '오줌멀리싸기' 였다.

결국 노인 부부는 오줌멀리싸기 결투를 하기 시작했다. 그런데 결과는 또 할아버지가 지고 말았다.

당연히 오줌멀리싸기라면 남자가 이겨야 하는데, 그래서 할아버지가 제안한 것인데 어떻게 할머니가 이겼을까? 그것은 시합 전 할머니의 단 한 마디의 조건 때문이었다.

♥ "영감! 손대기 없시유~!"

오징어 손과 다리 구별법

1. 오징어에게 '엎드려 뻗쳐'를 시킨다.
   → 이때 오징어가 앞쪽에 딛는 것은 손이고 뒤쪽
   으로 뻗은 것은 다리이다.

2. 오징어 얼굴에 낙서를 한다.
   → 오징어가 얼굴을 씻을 때 얼굴에 댄 것은 손이
   고 얼굴에 대지 않은 것은 다리이다.

3. 오징어를 위협한다.
   → 살려달라며 싹싹 비는 것은 손이고 무릎을 꿇
   은 것은 다리이다.

가을 고추가 빨간 이유

가을 고추밭에 고추를 따는 할머니가 계셨다.
지나가는 아이가 할머니에게 물었다.
"할머니, 고추는 왜 빨개요?"
"창피해서 빨갛지."
"왜 창피한데요?"
"고추를 내놓고 있으니 창피하지."
그 고추나무 위에 빨간 고추잠자리가 앉아 있었다.
그 아이는 다시 물었다.
"그럼 저 고추잠자리는 왜 빨개요?"
"부끄러우니까 빨갛지."
"왜 부끄러워요?"

♥ "고추를 봤으니까 부끄럽지."

유머충전소

부인의 독기

중년부인이 의사를 찾아와 말했다.

"실은, 제 남편의 잠꼬대 때문에 찾아왔어요."

"그래요? 증세가 어떤가요?"

부인이 한숨을 내쉬며 말했다.

"요즘 들어 새벽에 귀가하는 날이 많은데, 그나마 잘 때 잠꼬대가 무척 심해졌어요."

"예, 그렇군요. 잠꼬대를 덜하게 하는 약을 처방해 드리겠습니다."

"아닙니다, 그게 아녜요."

"?"

부인이 독기를 품은 표정으로 말했다.

♥ "무슨 소리를 지껄이는지 알아듣게끔 발음을 확실하게 해주는 약을 지어 주세요."

만약에

에덴 동산이 한국에 있었다면 인류는 원죄를 짓지도, 타락하지도 않았을 것이다.

일단 뱀이 이브를 유혹하기 전에 그녀가 뱀을 잡아 끓여서 아담에게 주었을 것이다.

그리고 설령 이브가 뱀의 유혹에 넘어갔다 하더라도 아담은 타락하지 않았을 것이다.

♥ 한국 남자가 어디 여자 말 듣는 거 봤냐고요~!

단군신화

초등학교 국어 시간에 선생님이 건국 신화에 대해 얘기했다.

"여러분, 우리나라의 건국 신화에 대한 얘기를 해 줄게요. 하느님의 아들인 환인에게 곰과 호랑이가 사람이 되게 해달라고 찾아 왔는데…."

여기까지 얘기를 했는데 학생 중 하나가 갑자기 손을 들더니 이렇게 말했다.

♥ "선생님, 그런 건 다 알아요. 곰과 호랑이 중에 누가 여자가 됐는지두요. 저희가 궁금한 건 어떻게 해서 단군이 만들어졌는지… 바로 그거라구요!"

슈퍼맨과 배트맨의 대화

볼 때마다 팔짱을 끼고 폼 잡는 슈퍼맨을 은근히 얄미워하던 배트맨.

어느 날 우연히 길에서 슈퍼맨과 마주쳤다. 이번에도 녀석은 팔짱을 끼고서 할 일도 없이 주위를 살펴보고 있었다.

배트맨은 저벅저벅 슈퍼맨에게 걸어가서 물었다.

"슈퍼맨, 너는 왜 매일 팔짱만 끼고 있는 거냐?"

그러자 슈퍼맨이 시비를 거는 배트맨을 쳐다보며 이렇게 답했다.

"내 바지에 주머니가 없어서 그런다, 왜?"

그 말에 배트맨은 잠시 뜸을 들이다가 깔깔거리며 슈퍼맨에게 말했다.

♥ "야! 바지 위에 팬티를 입으니깐 그렇지!"

거북이의 비밀

어느 날 토끼가 거북이에게 달리기 시합을 벌이자고 제안했다. 경기가 시작되었고, 토끼는 옛날의 실수를 범하지 않기 위해 쉬지 않고 정말 부지런히 달렸다. 그런데 이게 어떻게 된 일인가! 결승점에는 이미 거북이가 도착해 기다리고 있는 게 아닌가.

"아니, 대체 이게 어떻게 된 일인지?"

토끼가 도무지 못 믿겠다는 표정을 짓자 거북이는 이렇게 말해 주었다.

♥ "사실, 난 닌자 거북이야."

학과별 파리 퇴치법

경찰학과 : 파리 중 어리숙한 놈을 생포한 뒤 이근안
　　　　　의 고문 기술을 전수시켜 돌려보낸다.
정치학과 : 파리 떼를 여당과 야당으로 편을 갈라 준다.
전자공학과 : 파리에게 휴대폰을 공짜로 나눠 준 다음
　　　　　휴대전화 과다 사용에 따른 전자파 과잉
　　　　　노출을 유도한다.
유전공학과 : 유전자 변형 두부를 먹인다.
약학과 : 치사량만큼의 수면제를 먹인다.
화학과 : 속이 뒤집히는 화학조미료를 만들어 파리가
　　　　잘 다니는 골목에 대변 모양으로 쌓아둔다.
철학과 : '모든 파리는 결국 죽는다.' 는 것을 계속 알
　　　　린다.
수학과 : '뫼비우스의 띠' 위에 올려 놓고 평생 걷도
　　　　록 한다.
무역학과 : 파리를 '정력제' 라고 홍보한다.
미술학과 : 양동이에 진흙을 담아 응가인 줄 알고 달

려들면 뒤에서 밀어 빠뜨린다.

사진학과 : 암파리를 꼬드긴 뒤 야한 사진을 찍어 주
간지에 공개한다. 그 후 언론 플레이를 통
해 암파리의 자살을 유도한다.

아들의 역공

아들이 날마다 학교도 빼먹고 놀러만 다니는 망나니 짓을 하자 하루는 아버지가 아들을 불러 놓고 무섭게 꾸짖으며 말했다.

"에이브러햄 링컨이 네 나이였을 때 뭘 했는지 아니?"

아들이 너무도 태연히 대답했다.

"몰라요."

그러자 아버지는 훈계하듯 말했다.

"집에서 쉴 틈 없이 공부하고 연구했단다."

그러자 아들이 대꾸했다.

♥ "아, 그 사람 나도 알아요. 아버지 나이였을 땐 대통령이었잖아요?"

군인정신

무지하게 졸리는 수학 시간이 시작되었다.

수학 선생님이 출석부를 뒤지더니 지난 시간에 결석했던 학생을 불렀다.

"너! 지난 시간에 왜 결석했나?"

"예, 제가… 가… 감기에 걸려서요."

"(발끈하시며) 뭐, 감기? 야! 이 녀석아, 감기가 병이야? 허참 어이가 없네. 요즘 애들은 키만 멀대같이 컸지 비실비실해 가지고…. 이래서 애들한테 군인정신을 심어 줘야 해. 너! 군인정신이 뭔지 알아?"

"모… 모르겠는데요."

♥ "알 리가 없지. 군인정신이 있는 녀석이 이러겠어? 너 똑똑히 들어. 내가 군인정신에 대해서 지금부터 말하겠다. 내가 군대에 있을 땐 말야! 아무리 아파도 단 하루도 출근을 거른 적이 없었다. 이것이 바로 군인정신이다!"

경상도 아버지의 시간

• 30분 후에 집에 오실 때
  나 : 아버지 언제 들어오세요?
  아버지 : 지금 드가.

• 1시간 후에 집에 오실 때
  나 : 아버지 언제 들어오세요?
  아버지 : 금방 드가.

• 1시간 넘게 걸려 집에 오실 때
  나 : 아버지 언제 들어오세요?
  아버지 : 좀 이따 드가.

• 언제 들어오실지 기약이 없을 때
  나 : 아버지 언제 들어오세요?
  아버지 : 니들 먼저 밥머!

216

현상

초등학교 4학년 3반 선생님은 아이들에게 자연 문제를 내고 있었다.

"갑자기 비둘기 수십 마리가 떼를 지어 날아가다가 수직으로 땅에 떨어져 죽었습니다. 이것을 무슨 현상이라고 할까요?"

아이들은 손을 들어 자신들의 의견을 발표했다.

"만유인력 집결 현상입니다."

"자유낙하 현상입니다."

♥ "모두 틀렸습니다. 정답은 극히 보기 드문 현상입니다."

선택

어느 부잣집에서 파티가 열렸다.

손님들을 초청한 미모의 안주인이 한 남자 손님에게 펀치 한 잔을 내주면서 말했다.

"이거 한잔 드셔보시겠어요? 약간의 알코올을 탄 것이에요."

손님은 흔쾌히 받아 마셨다. 그런데 안주인이 이번에는 그 옆에 있던 목사에게도 한잔 권하자 목사가 대뜸 이렇게 소리쳤다.

"아니, 나더러 술을 입에 대라고? 그럴 바에야 차라리 간통을 하고 말겠소!"

그 말에 먼저 펀치를 받아든 손님이 펀치를 바닥에 쏟아버리면서 말했다.

♥ "사모님, 죄송합니다만… 전 그 두 가지 중 하나를 선택하라는 것인 줄 몰랐습니다."

이때가 기회

진찰을 마치고 난 의사가 여자 환자에게 주의사항을
일러 주었다.

"자, 내가 하는 얘기를 잊으면 안 됩니다. 규칙적으로
목욕을 하셔야 하고 맑은 공기를 많이 마셔야 하고, 옷
은 따뜻하게 입으셔야 합니다."

그날 저녁 남편이 그 여자에게 진찰 결과를 물었더
니 한다는 소리.

"의사가 그러는데요. 정말 조심해야 한대요. 지중해
에 가서 수영을 해야 하고, 알프스에 가서 휴양도 해야
하고, 즉시 겨울 코트 한 벌을 사 입어야 한대요!"

박하사탕

사오정, 손오공, 저팔계가 함께 구멍가게에 들어갔다.

먼저 손오공이 50원을 내고 높은 선반 위에 있는 박하사탕을 달라고 했다.

주인은 밖에서 사다리를 가지고 왔다. 사다리를 타고 올라가서 박하사탕을 꺼내 주었다. 그리고 사다리를 제자리에 갖다 놨다.

이번에는 저팔계가 50원을 내면서 박하사탕을 달라고 말했다.

주인은 또 사다리를 가져와 박하사탕을 꺼냈다. 꾀가 난 주인은 사다리에서 내려오지 않고 내려다보며 사오정에게 물었다.

"너도 50원어치 박하사탕 줄까?"

사오정은 큰 소리로 싫다고 말했다.

주인은 안심하고 사다리를 갖다 놓고 왔다. 그리고 물었다.

"그러면 너는 뭘 살래?"

사오정이 기다렸다는 듯 대답했다.

"박하사탕 100원어치요!"

경로석 의미

지하철 경로석에 앉아 있던 아가씨가 할아버지가 타는 것을 보고 눈을 감고 자는 척을 했다.

깐깐하게 생긴 할아버지는 아가씨의 어깨를 흔들면서 말했다.

"아가씨, 여기는 노약자와 장애인 지정석이라는 거 몰라?"

"저도 돈 내고 탔는데 왜 그러세요?"

아가씨가 신경질적으로 말하자 할아버지가 되받았다.

♥ "여긴 돈 안 내고 타는 사람이 앉는 자리야."

가정통신문

유치원에서 아이가 가져온 가정통신문을 열심히 본 아빠.

종이와 펜을 가져와서 선생님께 편지를 쓴다.

'우리가 아이를 처음 유치원에 보낼 때는 근심 반 걱정 반이었습니다. 그런데 지금은….'

그런데 이게 웬일?

아빠의 편지를 더듬더듬 훔쳐보던 아이가 갑자기 울음을 터뜨리는 것이다.

"앙앙~~ 아빠 미워! 아빠 미워!"

당황한 아빠는 아이에게 우는 이유를 물었고 아이는 이렇게 대답했다.

♥ "아빤 아직 내가 무슨 반인지도 모르잖어! 난 달님 반인데 근심반, 걱정반이라구 하구…, 우리 유치원엔 그런 반은 있지두 않단 말야! 앙앙~~!"

점수가 낮은 이유

멍청한 아들 맹구의 시험 성적에 대해 부모님들이 대화를 나눈다.

아빠 : 맹구의 역사 시험 성적은 어떻소?

엄마 : 별로 좋지 않아요. 하지만 그 아이의 잘못은 아니죠. 글쎄 시험에 온통 그 아이가 태어나기 전에 일어난 일들에 관해서 나왔거든요!

초보의사

병원에서 맹장수술을 하기 직전에 탈출을 하다 잡힌 환자가 있었다.

"아니 아저씨, 수술하시기 직전에 도망을 치시면 어떻게 해요?"

"당신도 그런 말을 들어봐요. 도망을 안 칠 수가 있는가요."

"무슨 말을 들었는데 그래요?"

"글쎄, 간호사가 이런 말을 하잖아요. '맹장 수술은 간단한 것이니까 너무 염려하지 말아요.' 라구요."

"그런 말이야 당연한 것 아니에요?"

♥ "나한테 한 말이 아니라 의사한테 한 말이에요."

의사의 분노

외과의사인 짐은 누구보다 안전띠 착용을 권장하는 사람으로 많은 강연회를 가졌다.

"여러분, 안전띠를 매지 않는다는 것은 이미 목숨의 50%를 내놓은 것이나 다름이 없습니다."

그러던 어느 날 심한 외상을 입은 환자가 응급실에 실려 왔다.

"안전띠를 착용했었나요?"

"아니오."

그 환자를 자세히 본 의사는 너무나 화가 났다. 그 환자는 얼마 전 자신의 강연회를 듣고 갔던 사람이기 때문이다.

"안전띠만 착용했으면 이렇게 다치지는 않았을 것 아닙니까?"

♥ "선생님, 저는 자전거를 타다가 다쳤어요."

콩쥐와 황소

팥쥐와 새엄마는 궁궐 만찬회에 가면서 산더미 같은 빨래와 낡은 호미 한 자루를 주면서 콩쥐에게 말했다.

"너도 만찬회에 가고 싶으면 빨래와 재 너머 밭을 모두 매어 놓고 오너라."

빨래를 마치고 밭일을 시작한 지 얼마 지나지 않아 그만 호미자루가 부러져버렸다.

눈앞이 캄캄해진 콩쥐 앞에 '펑' 소리와 함께 황소 한 마리가 나타났다.

"콩쥐님, 제가 도와 드릴 테니 염려 마세요."

콩쥐는 집에 가서 옷을 갈아입고 밭일이 다 끝났으려니 생각하며 밭으로 와 보았다. 그러나 밭은 그대로이고 황소가 콩쥐에게 하는 말.

♥ "콩쥐님! 호미 다~ 고쳤습니다. 여기 받으세요 ~~."

웬 메뉴??

도를 닦고 있는 사람 앞에 굉장한 미인이 지나갔다.
도인이 말했다.
"오! 저런 미인을 본 적이 있나? 보라고! 저 검은 눈
동자, 풍만한 가슴, 가는 허리, 정말 멋져!"
이렇게 말하자 동네 사람들이 한마디씩 거들었다.
"아니? 도를 닦고 있는 사람도 여자를 탐합니까?"

♥ "이봐요, 단식한다고 메뉴를 보지 말라는 법 있
소?"

꼬마와 처녀 여선생

처녀 여선생이 수학 문제를 내고 있었다.

"전깃줄에 참새가 다섯 마리 앉아 있는데 포수가 총을 쏴서 한 마리를 맞추면 몇 마리가 남지?"

꼬마가 대답했다.

"한 마리도 없어요! 다 도망갔으니까요."

"정답은 네 마리란다. 하지만 네 생각도 일리가 있는걸?"

영리한 꼬마는 자존심이 상해 여선생에게 반격했다.

"선생님, 세 여자가 아이스크림을 먹고 있는데 한 명은 핥아먹고, 한 명은 깨물어 먹고, 다른 한 명은 빨아먹고 있어요. 어떤 여자가 결혼한 여자일까요?"

얼굴이 빨개진 여선생이 대답했다.

"아마 빨아먹는 여자가 아닐까?"

♥ "틀렸어요. 정답은 결혼반지를 낀 여자예요. 하지만 선생님의 생각도 일리가 있네요."

도서관에서

어제 친구와 함께 도서관에서 공부하던 중에 친구가 말했다.

"야! 나 큰일 났다. 속이 안 좋아서 방귀가 계속 나와."

나는 아무도 모를 거라고 얘기해 주었지만 옆에 앉아서 감당해야 할 생각을 하니 심란했다.

그냥 신경 쓰지 않기로 하고 계속 공부에 열중하고 있는데 우와! 장난이 아니었다. 연달아 계속 뀌어대는데 차라리 싼다고 말하는 게 맞을 정도였다.

게다가 소리는 또 얼마나 신기하던지 '부우웅… 부우웅… 부우웅… 부우웅….'

방귀를 그렇게 높낮이 없이 규칙적으로 뀌는 사람은 처음 봤다. 주위에서는 그게 무슨 소린지 모르는 듯했고 속을 아는 나는 웃겨서 죽는 줄 알았다. 그런데 갑자기 대각선 쪽에 앉아 있던 사람이 성큼성큼 다가와 하는 말,

♥ "(짜증 섞인 목소리로) 저기요! 휴대폰 좀 꺼주실래요?"

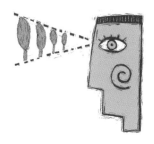

순찰차와 바람난 아내

한 남자가 고속도로에서 차를 난폭하게 몰고 있었다.

남자가 130킬로를 넘기고 막 140킬로로 접어드는 순간, 순찰차가 사이렌을 울리며 따라오는 것이었다.

순찰차를 따돌릴 수 있으리라 생각한 사내는 시속 150킬로를 밟아도, 시속 160킬로를 밟아도 계속 따라오자 결국 차를 멈추고 말았다.

추적하던 경찰관이 다가와서 그에게 물었다.

"당신, 정지 신호를 무시하고 도망간 이유가 뭐야?"

사내는 긴 한숨을 쉬며 말했다.

"제 마누라가 경찰하고 눈이 맞아 도망을 갔습니다."

"그게 검문에 불응하고 도망친 것과 무슨 관계가 있소?"

사내가 대답했다.

♥ "죄송합니다. 전 그 경찰관이 제 마누라를 돌려 주려고 따라오는 줄 알았습니다."

고3의 기도

한 고3 학생이 수능 시험일을 얼마 남기지 않고 시간이 부족함을 느꼈다. 그래서 하늘에 대고 간절히 기도를 했다.

"하늘이시여! 제발 한 달, 아니 보름이라도 좋으니 시간을 조금만 더 주시옵소서."

그러자 학생의 간절한 기도에 감동했는지 하늘에서 음성이 들려왔다.

♥ "너는 그동안 아주 착하게 살아 왔구나. 내 너를 불쌍히 여기고 또한 기도가 아주 간절하니 특별히 1년이란 시간을 더 주겠노라."

시체와 대화

한 의대생이 해부학 시험 공부를 위해 몰래 해부 연습을 하고 있었다.

그런데 갑자기 시체가 벌떡 일어나 자기 팔을 떼어내 학생에게 주면서 하는 말.

"학생~ 이걸로 공부해~!"

학생은 깜짝 놀라 얼떨결에 받아들고는 도망쳤다.

시체는 금방 따라잡더니 이번에는 자기 다리를 떼어 건네 주며 말했다.

"학생~ 이걸로 공부해~!"

역시 학생은 얼떨결에 받아들고는 계속 도망쳤다.

그러나 곧 학생은 막다른 골목에 이르고 말았다.

시체가 음흉한 미소를 짓더니 이번에는 자기 머리를 뚝 떼어내더니 학생을 노려보며 말했다.

"학생~ 이걸로 공부하라니까~!"

그러자 겁에 질린 의대생 왈,

"거… 거긴 시험 범위 아닌데요."

얼굴만 이쁜 아내

결혼할 여자를 고를 때 다른 건 하나도 안 보고 오직 얼굴과 몸매만 보고 아내를 고른 남자.

신혼의 생활은 그럭저럭 행복했다. 그러던 어느 날 남자가 애지중지하는 고급차를 도난당하고 말았다.

아내 : 여보! 내가 집 앞에 들어오면서 보니까 웬 낯선 남자가 우리 차 문을 열더니 휘리릭 몰고 가버렸어요!

남자는 기가 막혔다. 바로 코앞에서 차를 도둑맞는데 그걸 보고만 있었다는 사실에 속에서 불이 났다.

남편 : 그러는 동안 당신 뭐했어? 못 가져가게 말리든지 아님 빨리 날 불렀어야 할 것 아냐?

그러나 아름다운 아내는 매혹적인 미소를 띄우며 대답했다.

"아이~ 걱정 말아요, 여보~! 내가 멍청하게 보고만 있었겠어요? 우리 차 번호판을 외워뒀으니깐 금방 찾을 수 있을 거예요~!"

배짱

돈을 빌려 준 사람이 돈을 빌려 간 사람에게 가서 빨리 돈을 갚아달라고 독촉했다

"당신이 빌려간 돈을 언제 갚아 주겠소?"

그러자 돈을 빌려간 사람이 말했다.

"사실은 내가 많은 사람에게서 돈을 빌렸기 때문에 갚아야 할 사람도 많습니다. 그래서 갚아야 할 사람들을 세 가지로 나누어 두었지요. 첫 번째는 어떻게 해서든지 돈을 마련하여 갚아 주어야 할 사람이고, 두 번째는 돈이 생기면 갚아 줄 수도 있는 사람이며, 세 번째는 안 갚아도 그만인 사람이지요."

"그럼, 나는 어디에 속한단 말이오?"

"아, 당신은 지금 첫 번째 사람으로 꼽고 있지만, 자꾸 귀찮게 굴면 세 번째 사람으로 낙제시킬 수도 있어요. 한 번 낙제되면 절대로 올라올 수 없습니다."

아들 자랑

요즘 세상에 아들 자랑하는 것은 3류 코미디라네.

부모와 자식간의 촌수는 1촌, 그러나….

아들이 고등학생이 되면 4촌이 되고 아들이 대학생이 되면 8촌이 되며, 아들이 장가가면 사돈이 된다.

아들이 공부를 잘 하고 일을 잘 하면 나라의 아들이 되고, 아들이 돈을 잘 벌면 장모의 아들이 되며, 아들이 백수가 되면 평생 끼고 살아야 한다.

너무 솔직한 아이

옛날에 어느 학교에 입냄새가 지독한 아이가 있었다.

어느 날 비가 와서 날씨도 꾸리꾸리하고 습기도 가득해서 그 아이의 입냄새가 퍼져 나가는데 도저히 참지 못할 지경이었다.

이때, 거짓말을 못 하는 한 아이가 그 입냄새 나는 친구에게 다가가서 턱 밑에 손을 대고 이렇게 말했다.

♥ "야 똥뱉어!"

심심한데 가지고 놀게

다섯 살 난 꼬마가 엄마를 따라 산부인과에 갔다. 대기실에 나란히 앉아 있는데 엄마가 갑자기 배를 움켜쥐면서 신음 소리를 냈다.

"엄마 왜 그래? 어디 아파?"

엄마가 고개를 저으며 말했다.

"뱃속에 있는 네 동생이 심심한가 봐. 자꾸 발길질을 하네."

그러자 꼬마가 엄마에게 말했다.

"그럼 장난감을 삼켜 봐."

"?"

♥ "동생이 심심한가 봐. 가지고 놀게."

한국 공군과 미국 공군의 차이

한미 합동 훈련 중 비행기가 추락했고 양국 공군에 비상이 걸렸다.

양국 공군에서 나온 첫 마디는 이런 말이었다.

먼저 미국 공군에서 나온 말은 이러했다.

"조종사는?"

한국 공군의 말은?

"비행기는?

뭘 보냐고?

자동차 극장으로 영화를 보기 위해 가던 커플.

극장에 거의 도착했을 즈음, 여자 친구가 인상을 쓰며 말했다.

"오빠…, 아직 멀었어? 나 배 아파!"

"조금만 참아. 거의 다 왔어."

남자 친구는 극장에 도착하자마자 표 끊는 점원에게 화장실이 어디냐고 물었다. 친절한 점원이 말했다.

"네, 쭉 가시다가 오른쪽으로 꺾으시면 돼요. 그리고 휴지는 가져가서야 합니다."

"고맙습니다."

"예, 뭐 보실 거예요?"

영화의 종류를 묻는 점원.

남친의 대답,

♥ "대변이요!"

천재 소년

다섯 살짜리 사촌동생이 놀러왔다. 요즘 이 녀석이 어린이 영어 학원에 다니면서 영어를 좀 배웠답시고 이런저런 문제를 낸다.

"형, 삼각형이 영어로 뭔지 알아?"

"아니, 그럼 넌 아니?"

"트라이앵글!"

나는 감탄사를 연발하며 칭찬해 주었다.

이번엔 내가 질문을 했다.

"그럼 동그라미는 영어로 뭐게?"

순간 당황한 기색을 보이더니 잠시 생각한 다음 동생이 대답했다.

♥ "탬버린!!!"

장사의 원칙

미련퉁이 둘이 농산물 장사를 해서 가욋돈을 좀 벌어보기로 했다.

그들은 트럭을 몰고 시골에 가서 한 통에 1,000원씩을 주고 수박 한 짐을 사왔다.

한 통에 1,000원이라고 하니 한 시간도 채 안 돼서 수박이 모두 팔려버렸으므로 두 사람은 좋아했다.

그런데 돈을 헤아려보니 수박을 사는데 들인 액수와 똑같았다.

기쁨은 낙담으로 바뀌었다.

한 사람은 투덜대다가 동료에게 한마디 했다.

♥ "내가 뭐랬어? 큰 트럭으로 하자고 했잖아!"

너무 유능해서

한 보험회사의 중역들은 가장 유능한 직원 곰바우를 중역으로 승진시키기로 결정했다.

그러나 문제가 하나 있었다. 이 회사 중역들은 모두 기독교 신자인데 곰바우만은 타 종교 신자였기 때문이다. 사장이 괴롭다는 듯 말했다.

"으흠, 여러분~! 곰바우는 확실히 우리 회사의 중역이 될 자격이 충분합니다. 그러나 그는 타 종교 신자이기 때문에 개종을 시키지 않고서 중역으로 승진시키는 건 우리 회사의 전통에 어긋나는 일이지요?"

그러자 전무가 한 가지 제의를 했다.

"제가 세상에서 가장 설득력 좋은 목사님을 알고 있어요. 그분의 설교를 한 시간만 들으면 곰바우도 분명히 개종할 겁니다!"

사장을 비롯한 중역들 모두가 고개를 끄덕이자 일은 그렇게 결정되었다.

이윽고 부탁을 받은 목사는 준비된 자리에서 곰바우

를 만났다.

장장 다섯 시간이 지나자 목사가 땀을 뻘뻘 흘리며 나왔다. 중역들은 모두 시간이 많이 걸렸다고 생각하며 목사에게 물었다.

"물론 성공하셨겠죠, 목사님?"

그러자 중역들을 둘러본 목사님은 몹시 짜증을 내며 외쳤다.

♥ "에이~ 나 안 해! 게다가 나는 곰바우라는 놈 때문에 1억 원짜리 생명보험까지 들었단 말이야!"

나는 왜

한 시골 마을의 꼬마가 자신의 열 살 생일날 마을의 호수 앞에 와서 섰다. 꼬마는 어려서부터 들어온 이야기가 있었다.

"너희 할아버지와 너희 아버지는 열 살 생일날 호수 위를 걸어 다니셨단다."

꼬마는 할아버지와 아버지가 했으면 자신도 할 수 있으리라 믿고 다짐을 했다.

"나도 할 수 있다."

꼬마는 친구와 함께 배를 타고 호수 가운데로 가서 물 위로 발을 디디다가 하마터면 물에 빠져 죽을 뻔했다. 겨우 호수를 빠져 나온 꼬마는 화가 잔뜩 나 집으로 돌아와서는 할머니에게 뛰어갔다.

"할머니! 난 주워온 애죠? 왜 할아버지와 아버지는 호수 위를 걸었는데 난 못해요?"

그러자 할머니는 온화한 웃음으로 꼬마를 안고서 머리를 쓰다듬으며 말했다.

유머충전소

♥ "아가, 그건 말이지… 너희 아버지와 할아버지는 1월에 태어났고, 넌 8월에 태어났기 때문이란다. 한여름에 호수가 어는 것을 본 적 있니?"

군대에서

도난 사고가 잦아 늘 위병소 근무자는 골머리를 앓고 있었다.

어느 날, 마침 차 한 대가 부대에서 위병소로 나오고 있었다. 그래서 위병소 근무자 중 선임자가 후임자에게 도난 방지를 위해 이렇게 하는 것이라면서 몸소 시범을 보여 주었다.

먼저 트렁크를 보여달라고 하여 검사한다. 그리고 시트를 뒤집어보고, 차 밑바닥도 검사하고, 타이어도 발로 통통 차 보고는 특이한 물건이 없어서 그냥 통과시켰다.

"봤지? 검문 검색은 이렇게 하는 거야."

후임병에게 당당하게 말하고 있는 순간 상황실에서 전화가 왔다.

♥ "야, 근무자! 차 한 대 없어졌다!"

길동이의 기도

어느 마을에 아주 가난한 아이가 살았는데 그 아이 이름은 길동이었다. 너무 가난했던 길동이는 매일 하느님께 기도드렸다.

"하느님! 복권에 당첨되게 해 주세요!"

"하느님! 제발 복권에 한 번만 당첨되게 해 주세요!"

길동이는 밥도 먹지 않고 잠도 자지 않은 채 기도하고 또 기도했다. 그렇게 기도하기를 2개월째.

그러나 폐인이 된 길동이는 복권에 당첨되지 않았다.

길동이는 너무나 지쳐서 하느님께 원망하듯 마지막 기도를 했다.

"하느님! 복권 당첨되게 해 주세요. 이렇게까지 기도하는데 부디~!"

그러자 보다못한 하느님이 지상으로 내려와 길동이에게 말하길,

"길동아~ 일단 복권을 사란 말이다~~~!!!"

인색의 대가

아주 인색한 농장주가 있었다.

그는 일꾼이 밥을 먹기 위해 일손을 놓는 게 눈에 거슬렸다.

어느 날 아침 식사를 한 후에 일꾼을 불러 말했다.

"여보게, 밭에서 일하다가 다시 들어와서 점심을 먹는 것이 귀찮지 않은가? 그러니 아예 점심을 지금 미리 먹고 시간을 아끼는 것이 어떻겠나?"

일꾼이 말했다.

"좋습니다."

농장 주인은 급히 점심을 준비하여 일꾼에게 말했다.

"점심을 먹은 김에 아예 저녁까지 다 먹어버리는 것이 어떻겠는가?"

"좋습니다."

농장 주인은 푸짐하게 불고기까지 준비를 하여 일꾼에게 먹였다.

농장 주인이 기분 좋게 말했다.

"자, 이제 세 끼를 다 먹었으니 밭에 나가 하루 종일 쉬지 않고 일할 수 있게 되었군."

일꾼이 말했다.

♥ "주인님, 저는 저녁을 먹은 다음에는 무슨 일이 있어도 일을 하지 않습니다."

놀라운 업무 개선

한 남자가 유명한 음식점에 갔다.

음식을 먹다가 실수로 숟가락을 바닥에 떨어뜨렸다. 웨이터를 불러 새 숟가락을 달라고 하자 웨이터는 즉시 호주머니에서 하나를 꺼내 건네 주는 것이다.

신속한 서비스에 감동한 그가 웨이터에게 물었다.

"이 식당에서는 모두 여분의 숟가락을 들고 다니나 보죠?"

"네, 영업의 효율을 높이기 위해 컨설팅을 받았는데, 그 결과 손님의 20%가 곧잘 수저를 흘린다는 사실을 발견했습니다. 다시 주방까지 갔다 오는 시간을 줄임으로써 서비스의 개선과 업무 효율을 높여 줍니다."

한참 식사를 하던 남자는 모든 웨이터의 소매에 실이 달려 있음을 발견하고 웨이터를 불러 물었다.

"죄송합니다만, 왜 웨이터들의 소매에 실이 달려 있죠?"

그러자 웨이터는 자세하게 설명을 해주었다.

"이것도 업무 개선을 위한 한 가지 방법입니다. 소매의 실은 모든 웨이터의 '거시기'를 만지지 않고도 볼일을 볼 수 있기 때문에 손을 씻을 필요가 없어집니다. 따라서 업무 효율을 20% 더 향상시켜 줍니다."

손님은 다시 한 번 감탄했다. 그런데 의문이 생겨 물었다.

"그렇다면 볼일을 보고 나서 다시 바지 속에 넣을 때는 어떻게 하죠?"

웨이터가 남자에게 말했다.

♥ "글쎄요, 남들은 어떻게 하는지 모르겠지만 저 같은 경우는 숟가락을 이용합니다."

재미있는 역이름 이야기

친구 따라가는 강남역
가장 싸게 지은 일원역
양력설을 쇠는 신정역
숙녀가 좋아하는 신사역
불장난하다 사고친 방화역
역 3개가 있는 역삼역
실수로 자주 내리는 오류역
서울에서 가장 긴 길음역
일이 산더미처럼 쌓인 일산역
이산 가족의 꿈을 이룬 상봉역
23.5도 기울어져 있는 지축역
어떤 여자라도 환영하는 남성역
앞에 구정물이 흐르는 압구정역
미안하네, 그만 잊어버렸네 아차산역
타고 있으면 다리가 저리는 오금역
장사하는 사람들이 좋아하는 이문역

분쟁시 노사간에 만나야 하는 대화역
죽은 이들을 기리기 위해 지은 사당역
마라톤 선수들이 가장 좋아하는 월계역
그대 의견을 꼭 들어 주겠소 수락역
스포츠 중계 때마다 바빠지는 중계역
길잃은 아이들이 모여 있는 미아역
양치기 소년의 주인공이 사는 목동역
새벽에 빈 물통 든 사람들이 몰리는 약수역
역 화장실에서 항상 뜨거운 물이 나오는 온수역
학교가기 싫어하는 아이들이 좋아하는 방학역
표는 물론 짐까지 검색하는 수색역
젖먹이들이 가장 좋아하는 수유역
영화감독들이 초조하게 기다리는 개봉역
수도를 틀기만 하면 석유가 나오는 중동역
악마나 귀신들이 제일 싫어하는 성수역
공자, 맹자, 노자 등 성인들이 사는 군자역